AF415803

CELESTE BRUNO

MILANO
"GANGSTER"

NOIR

EDIZIONI WE

Copertina di Gaia Leandri

ISBN 979-12-80240-73-6

©2021 Edizioni WE di Nicola Bergamaschi
Via Paulli 10/A – 26015 – Soresina (CR)

www.clickpertutti.com
www.edizioniwe.com
www.facebook.com/edizioniwe
www.instagram.com/edizioniwe
info@edizioniwe.com

"La sola cosa necessaria affinché il male trionfi è
che gli uomini buoni non facciano nulla".
Edmund Burke (1729-1797) filosofo

Le operazioni "Wall Street", "Nord-Sud", "Belgio",
"Hoca-Tuca", "Count Down", e "Fine"
portano all'arresto e al processo per
associazione mafiosa di tremila persone, a 87 ergastoli
e alla confisca di enormi patrimoni immobiliari,
aziendali e finanziari.
Si parla di un rapporto 3 a 1 rispetto alla Sicilia
del maxi-processo del pool di Palermo.

Un romanzo d'azione in cui
il protagonista assoluto è il
MALE

Il Male vorrebbe essere il padrone delle nostre anime e ogni giorno è necessario lottare per difenderci e allontanarlo.

Un narrato che abbraccia il periodo tra gli anni del terrorismo e quelli della guerra di mafia al nord, intriso di personaggi che si dimenano in ogni modo per fronteggiarlo o foraggiarlo, nelle distese praterie d'asfalto della metropoli, con assassini, corruttori, intrallazzatori, faccendieri e criminali.

Il solo dio che professano è il denaro e per quello si dannano in una vita che non è più la loro, tra misfatti, crimini e guerre intestine.

Ma il bene è dietro l'angolo, bisogna solo saperlo aspettare, riconoscerlo, ricercare e apprezzarlo.

Il killer non sai mai che faccia ha, ma è certo,
è uno di noi, che vive in mezzo a noi.

***

Osservazione, controllo e azione.
Il memorandum dello stratega.

***

Se non puoi cancellare, devi inquinare.

Celeste Bruno

PREFAZIONE

Così le cosche si vendono ai politici - Panorama
di Arianna Giunti

"La politica - scrivono i magistrati come un ritornello nelle loro ordinanze di custodia cautelare – è il vero capitale sociale della criminalità organizzata in Lombardia".

Ha origini lontane ma si è radicato e consolidato nella "Milano da bere" degli anni ottanta, dove i soldi scorrevano a fiumi, questo antichissimo _do ut des_ fra cosche e politici, riflesso di uno strapotere sempre più imperante, tentacolare, camuffato da colletti bianchi e faccendieri. Un lungo romanzo criminale.

Soldi, ma soprattutto appalti, favori, promesse politiche.
Si inizia con qualche incontro al ristorante, magari con una cena a base di pesce fresco e champagne, il genere preferito dai boss e si conclude con un brindisi di augurio che suggella un patto.

Un incontro, quello fra politici e padrini, che comunque "avviene sempre a metà strada" come ricorda l'investigatore della Squadra mobile di Milano Celeste Bruno, impegnato negli anni novanta nella lotta alla criminalità organizzata.

MILANO
"GANGSTER"

INTRODUZIONE

Gli anni di piombo, la strage di via Fani, la morte misteriosa di un noto banchiere, la guerra di mafia al nord, gli "accordi" veri, falsi, presunti o deviati, tra malavitosi ed apparati dello Stato. Uno spaccato reale di "vite" vissute al limite, con il piede sempre sull'acceleratore in giornate infinite, senza alba e senza tramonto, con l'imperante necessità di affermare il proprio "Io" e monetizzare ogni cosa, compresi i momenti sofferti, i sentimenti, gli affetti, gli isterismi, le mancanze.

Una mano in tasca e l'altra sulla pistola, pronti a sparare o a rispondere agli attacchi dei nemici, ma anche di quelli ritenuti amici. Un mondo in cui l'unica cosa che conta è "sentirsi vivi".

L'asfalto della Milano da bere, da consumare, sfruttare, fottere, bearsi, evadere, trincerare, calpestare.

INCIPIT

Raggiunse una zona cespugliosa e isolata, si sbottonò la patta e urinò. Quando ebbe finito, si abbassò per riallacciarsi la stringa di una scarpa, quella sinistra e alzando lo sguardo, incontrò la bocca di una 92S che gli vomitò in faccia il fuoco calibro 9, spegnendolo.

In bagno, si tolse tutti i vestiti, le scarpe nuove, le mutande e i calzini, gettò tutto nella vasca da bagno e vi diede fuoco.

NINO

Gennaio 1976.

Erano gli inizi del nuovo anno. Il treno lo portò a Nettuno, alle porte di Roma ove presso il Centro arruolamento della Polizia[1] avrebbe sostenuto le visite e i test di arruolamento. Dopo tre giorni, avendole superate, venne spedito a Trieste per il corso.[2]

Il 6 maggio 1976, a seguito del violento terremoto che colpì il Friuli, da allievo, si ritrovò nelle zone disastrate per vigilare, con un fucile scarico, gli obiettivi ritenuti sensibili: supermercati danneggiati, strade ed edifici pericolanti, deposito merci.

Attività premiata dal commissario straordinario del Governo, Zamberletti, con diploma di benemerenza e medaglia di bronzo.

Nell'ottobre dello stesso anno, assegnato all'ottavo Reparto mobile di Firenze e qualche mese dopo, spedito alla scuola per specialisti di Frontiera a Ventimiglia per poi giungere all'aeroporto di Linate Milano agli inizi dell'ottobre,[3] dopo una breve esperienza alla scalo intercontinentale della Malpensa.

---

[1]   All'epoca Corpo delle Guardie di Pubblica Sicurezza poi smilitarizzato e denominata Polizia di Stato dal 1981.

[2]   Caserma "Beleno" sub sede della Caserma "San Giovanni" ove si teneva il 44° corso allievi Guardie PS.

[3]   Anno 1977.

Sveglio, orgoglioso e metodico, Nino Vaccaro, venne quasi subito notato dal suo Dirigente, un calabrese che si era formato all'Ufficio Politico[4] della Questura di Milano negli anni delle lotte studentesche.

Avvertì l'interesse del suo capo ma non lo diede a vedere sino a quando, perentoriamente, agli inizi della primavera successiva venne spostato all'area ovest dell'aeroporto, il settore riservato all'aviazione jet executive.[5]

Non era certo il traffico passeggeri dell'aerostazione principale ove si aveva modo di socializzare più velocemente e con più persone ma la riservatezza del luogo, incuteva delle riflessioni.

Inizialmente non la prese bene, pensando che fosse quasi una misura punitiva ma via via che passavano i giorni, si rese conto che era un posto strategico e forse non era capitato lì per caso.

Quattro agenti, suddivisi in due turni giornalieri, in coppia o solitari - nonostante il dilagare del terrorismo - quando l'altro osservava il turno di riposo, con orari anomali rispetto ai quadranti previsti, dalle 7 alle 14 e dalle 14 alle 21 - con a disposizione un ufficio che in realtà, era un box vetrato ricavato nella zona antistante il piazzale di sosta degli aeromobili, che fungeva da atrio arrivi e partenze. Oltre alla scrivania, due sedie e un tavolino per l'appoggio del telefono abilitato anche per le numerazioni interurbane.

---

[4]   Denominazione attuale DIGOS.

[5]   Area Linate Ovest gestita dalla società ATA poi assorbita dalla SEA.

Di fronte, un altro box analogo, utilizzato dalla Guardia di Finanza con installato un telefono abilitato solo alle chiamate interne e la gran parte della restante area, adibita a direzione del traffico aereo.

Tra il box della Finanza e l'uscita, vi era un piccolo antro, a vista, ove su una mensola, era posizionato un apparecchio telefonico con pagamento a scatti, ad uso di piloti e passeggeri.

Anche la turnazione dei militari della Finanza era adeguata agli orari delle attività dell'aeroporto privato che dalle ore 21 alle ore 7 del mattino, rimaneva vigilata da una guardia giurata con chiusura degli accessi, compreso il cancello automatico installato all'imbocco stradale dell'area.[6]

La tipologia dei clienti era di livello eccelso: il top mondiale tra imprenditori, banchieri, manager, spesso sulle cronache, per gossip e svariati altri motivi, inclusi quelli derivanti da bancarotte o distrazioni di enormi capitali.

Nino, visto l'ambiente, nel giro di qualche giorno captò le motivazioni che lo avevano portato in quel luogo - o volle convincersi - ove solitamente prestavano servizio colleghi molto più anziani di lui, di cui uno quasi alla pensione.

Quella presunta motivazione, la intuì un tardo pomeriggio quando, dopo un controllo della rubrica di frontiera, inibì l'imbarco a tale Innusa, collaboratore di Filippo Rapisarda, quasi un intoccabile, nonostante la fedina penale già consistente ma che si era rifatto una verginità negli ambienti finanziari milanesi.

---

[6]   Via Fantoli.

Era un provvedimento della magistratura milanese emesso alcune settimane prima che disponeva l'"impedimento espatrio". [7]

Mai quell'uomo si sarebbe aspettato di essere controllato e che, pur viaggiando regolarmente con jet privati, si ritrovò costretto a rimanere a terra.

Fece molte telefonate lanciando sguardi e probabilmente invettive contro l'agente che aveva osato negargli l'imbarco sotto gli occhi del suo capo che invece, imperturbabile, partì senza tentare nessun approccio con Nino, limitandosi ad osservarne gli sviluppi.

Da quell'episodio, Innusa non comparirà mai più nell'aeroporto executive.

Il dirigente oltre agli apprezzamenti verbali, premiò Nino con un riconoscimento in denaro di cinquemila lire. [8]

Non vi furono domande sul perché non era mai stato controllato prima, pur avendo viaggiato regolarmente nei giorni precedenti e nella piccola aerostazione, i dipendenti e gli abituali frequentatori notarono l'aria che tirava.

Da quel giorno, tutti venivano controllati e Nino, per evitare di infastidire troppo la clientela abituale, il gotha dell'imprenditoria milanese, nazionale e internazionale, stilò una lista, annotando le loro generalità con accanto il numero del passaporto e le relative scadenze.

La trovata venne apprezzata in primis dai suoi tre colleghi con cui si alternava, togliendoli dall'imbarazzo della conti-

---

[7]   Misura applicata ai varchi di Frontiera e annotata nella relativa rubrica.

[8]   Attuale conio € 2,50.

nua richiesta dei documenti e poi, dall'utenza, che riconobbe all'agente un'iniziativa e una diplomazia non comune.

Entrò nelle loro grazie e tutti, nonostante la giovane età, - infatti aveva appena vent'anni - presero a salutarlo con rispetto nonostante la evidente differenza sociale.
Lui era solo un poliziotto, trasferibile in qualunque momento allo schioccare delle dita di uno solo di essi ma nessuno lo fece, riconoscendogli il merito.

E d'altronde Nino non temeva "ritorsioni".
Lo avevano già mandato a Milano, quasi mille chilometri da casa, cosa avrebbero potuto fare di più. In quegli anni non chiese mai favori per sé e questo era un altro dato positivo della sua personalità.

Milano, 16 marzo 1978.

Radio "caserma" annunciò la strage di via Fani e il rapimento dell'onorevole Aldo Moro.

Il nervosismo divenne lampante anche perché, tra i colleghi uccisi vi era Giulio Rivera, conosciuto da molti operatori, poiché in precedenza, aveva prestato servizio proprio all'aeroporto di Linate. Inoltre i terroristi, nell'agguato, avevano utilizzato divise dell'Alitalia.

Notizia che sconcertò soprattutto i numerosi giovani agenti, tutti giunti negli ultimi mesi per svecchiare il reparto, con i capi a cercare di calmare la situazione poiché la tensione, imperava.

Da subito venne imposta la "permanenza"[9] allargata anche agli sposati che dovevano ritrasferirsi in caserma e rimanere a disposizione.

C'era chi proponeva di uscire tutti armati e andare a colpire a casaccio centri studenteschi o sedi di militanti dell'estrema sinistra, chi voleva armi più efficienti e giubbotti antiproiettili, chi chiedeva auto blindate, ma la ragione ebbe la meglio e tutti rimasero ai loro posti eseguendo gli ordini diligentemente.

Le riunioni organizzate o spontanee erano all'ordine del giorno e l'unica cabina telefonica della caserma, continuamente occupata.

Molti degli agenti non riuscivano neanche a porsi in contatto con le famiglie o con le fidanzate, e alcune di queste, sovente si presentavano ai cancelli della caserma[10] ma non venivano fatte entrare. Si dovevano accontentare di qualche bacio volante dalle finestre o dei bigliettini lanciati oltre il muro di cinta.

Alcuni cercarono di uscire, nascondendosi nel bagagliaio di qualche auto ma vennero scoperti. A seguito di ciò, venne diramato l'ordine di controllare sistematicamente tutti i mezzi in uscita.

Il Dirigente, venuto a conoscenza di queste iniziative, evitò di prendere provvedimenti data la situazione che si era creata.

---

[9]   Misura che prevedeva l'obbligo di restare in caserma.
[10]   Caserma Mancini via Corelli attualmente Centro CAS per migranti.

Intanto, vennero allo scoperto e si fecero avanti i primi "provetti sindacalisti" che parlavano di riforme, smilitarizzazione e ammodernamento del Corpo.

La giornata era scandita dal turno di servizio regolare presso l'aerostazione e il restante tempo in caserma o impegnati in posti di controllo, sugli ingressi e sul perimetro dell'aeroporto. Sei ore di lavoro e sei di riposo e non esistevano gli "straordinari".[11]

I terroristi avevano dichiarato una guerra e le divise[12] erano tra i loro primari obiettivi.

Qualche giorno dopo la morte di Aldo Moro, ritrovato cadavere nel bagagliaio di una Renault 4 rossa, la permanenza venne revocata ma gli ordini della libera uscita divennero più stringenti : non uscire mai da soli ma almeno in tre, non dire a conoscenze occasionali il vero nome e il lavoro che svolgevi, non frequentare locali o luoghi considerati ritrovi di militanti politici o studenteschi, non appartarsi con le ragazze in luoghi isolati e tenere sempre una mano sulla pistola coprendosi le spalle gli uni con gli altri.

Milano, 31 dicembre 1980.

Era un mercoledì buio e freddo.
Intorno alle ore 19.00, Nino di servizio e da solo, era intento ad aggiornare la sua rubrica di frontiera.

---

[11]   All'epoca non erano contabilizzati poiché la voce non esisteva nella remunerazione.
[12]   Forze dell'Ordine.

Il bar, dato il giorno prefestivo, aveva chiuso alle diciassette e l'aerostazione era praticamente deserta salvo lui, il collega finanziere e un addetto alla direzione del traffico.

All'improvviso, mentre attendeva di ultimare il suo turno, venne distolto dall'arrivo di due persone, posizionati al centro del corridoio tra la zona bar e la sala aspetto, di cui uno, riconosciuto subito per un suo collega di corso, in servizio a Pavia.
Li avvicinò e dopo essersi salutati, il collega più anziano lo informò che erano giunti in avanscoperta quale scorta del ministro dell'interno[13] in partenza con la moglie per Zurigo ove avrebbe festeggiato il capodanno e che non doveva assolutamente informare nessuno, poiché era uno spostamento coperto dalla massima riservatezza, derivata dalla situazione non certo facile che si stava vivendo in quel periodo definito comunemente "anni di piombo".[14]

Nino tentò di riguadagnare la distanza con il suo Ufficio, riservatezza o meno, il suo capo doveva assolutamente essere messo a conoscenza della situazione. Lui era lì anche per questo.

Avvertì una gelida folata, causata dall'apertura repentina delle porte d'ingresso dell'aerostazione. A passo svelto, un nutrito numero di persone si precipitarono all'interno e tra loro, il ministro e poco più indietro una donna, quasi piangente.

Un accompagnatore, sicuramente uno degli agenti di scorta, chiese dove fosse un telefono e Nino gli indicò quello

____

[13]   Virginio Rognoni.
[14]   Periodo compreso tra gli anni settanta ed ottanta.

dell'ufficio di Polizia. Il ministro si precipitò sull'apparecchio, compose un numero e parlò a lungo, affranto e sgomento.

In questa maniera, ascoltando la conversazione un po' alterata, apprese dalla viva voce del ministro, che mentre stava raggiungendo l'aeroporto, aveva avuto notizia di un ennesimo, grave attentato, verificatosi a Roma ad opera delle Brigate Rosse. Avevano ucciso un generale dei carabinieri.[15]

Si irrigidì a quella notizia e doveva assolutamente informare il suo capo. Il ministro continuava a telefonare e gli uomini di scorta, tutti intorno, parvero non interessarsi ai suoi movimenti ed allora, con un cenno della testa fece segno all'impiegato della direzione traffico di uscire sul piazzale antistante e sottovoce, gli disse di andare in un loro ufficio al piano superiore e aprirlo.

Lo fece e poco dopo, venne raggiunto da Nino che telefonicamente, riferì quanto stava avvenendo direttamente al suo capo che di lì a poco, trafelato, giunse.

Il ministro, dopo una lunga serie di conversazioni telefoniche, annullò il suo viaggio e si precipitò a Roma mentre la moglie e la scorta, rientrarono a Pavia.

Il dirigente fece gli auguri a Nino ed apprezzò l'ennesimo gesto del suo agente. Sarebbe stato gravissimo se lui non fosse stato informato e non avesse presenziato. La riservatezza valeva per tutti ma non per gli organi interni e Nino, seppur giovane, lo aveva compreso, sottraendosi a una di-

---

[15]   Uccisione del Generale dei CC Enrico Riziero Galvaligi.

sposizione peraltro orale, che appariva frutto più del nervosismo che del mestiere.

Aprile 1981

Tra omicidi, agguati e tensioni, il Corpo delle Guardie di PS venne smilitarizzato assumendo la denominazione di Polizia di Stato.
Nino lo apprese mentre era in servizio e invitato a togliersi le stellette e sostituirle con delle mostrine con impressa la sigla "R I" ovvero "Repubblica Italiana" fornite sul posto direttamente dal suo capitano.[16]

Solo poco prima, era stata scoperta la lista della loggia massonica denominata P2 con Gran Maestro Licio Gelli.
L'aeroporto privato, nel contempo, incominciò a essere frequentato, a fasi alterne, da una mezza dozzina di personaggi, estranei alle società che possedevano o gestivano gli aeromobili e che si facevano passare per giornalisti.

Nino, notò il movimento, il loro modo di porsi e di agire.
Prese ad osservarli, specie nella maniera di come avvicinavano piloti, tecnici o dipendenti, nel tentativo di carpire loro notizie.

Erano attenti ai movimenti degli aeromobili e dei loro passeggeri, circa gli arrivi, le destinazioni e le persone con cui si accompagnavano.
Il loro interesse era diretto a politici, industriali di primo piano, un noto banchiere e alcuni faccendieri.

---

[16]   Silverio Scotti.

In quel contesto, divenne sempre più attento e tenne le orecchie ben aperte sui loro commenti o sulle domande che facevano in giro, specie al bar.

In qualche occasione, aveva anche orecchiato quando parlavano tra loro o interloquivano telefonicamente, utilizzando il telefono pubblico installato all'ingresso dell'aerostazione o quello a disposizione degli utenti e gestito dalla direzione aeroportuale.

Tramite una cameriera del bar, aveva appreso che alcuni di loro, per riservatezza, invece di comunicare dai telefoni in loco, si spostavano sino alle vicine vie Fantoli o Mecenate, utilizzando cabine pubbliche.

Intuì che quelle informazioni interessavano ai Servizi Segreti e la conferma, anche se in forma quasi indiretta, la ricavò proprio da uno di questi, in possesso di una tessera stampa, che si spostava utilizzando una Lancia Delta di colore bianco e presentatosi per "Riccardo". Un uomo sulla quarantina, magro e bassino, un po' claudicante e molto estroverso.

Anche un capitano dei carabinieri, in divisa, giungendo dall'interno dell'area aeroportuale con un'auto di servizio condotta da un autista, con modi affabili e civili, sovente aveva preso a frequentare il posto, chiedendo a Nino informazioni sui movimenti di alcuni jet con richiesta di poter visionare il registro su cui venivano annotati i movimenti internazionali degli arrivi e delle partenze, prendendo appunti su un taccuino.

In via "ufficiosa" Nino riferì la circostanza al suo capo che senza scomporsi, gli rispose di continuare a permetterlo, d'altronde son colleghi ebbe a concludere.

Altre due figure, comparse improvvisamente in quel periodo, avevano suscitato il suo interesse. Erano Francesco Pazienza e Flavio Carboni.

All'inizio della primavera del 1981, si materializzarono in un periodo a breve distanza l'uno dall'altro, giungendo con aerei bimotori probabilmente affittati, provenienti quasi sempre da Roma.

Francesco Pazienza era perennemente accompagnato da Maurizio Mazzotta che definiva il suo "segretario" e non faceva mistero di essere un uomo del "SISMI" il servizio segreto militare diretto dal generale Santovito.

Vantava aderenze anche con l'ex direttore degli affari riservati del Ministero dell'Interno, Federico Umberto d'Amato detto "Umbertino" noto per le schedature parallele che custodiva nei suoi armadi.
Dialogava spesso con Nino, quando arrivava o nell'attesa di partire e si lasciava andare a confidenze che in realtà, parevano più dei messaggi.

In una occasione si era anche recato a Monza, per vedere le prove di Formula Uno, utilizzando l' elicottero che faceva la spola tra la base allestita all'autodromo e l'aeroporto privato milanese.
Al rientro, offrì a Nino il suo pass di accesso ai paddock che l'agente girò a un dipendente aeroportuale.

Gli chiedeva sempre se avesse bisogno di qualcosa e Nino sorridendo, scuoteva la testa. Qualche volta, si erano recati al bar insieme, consumando un caffè e sovente, ridacchiando, lo apostrofava amichevolmente «pretoriano» e Nino lo prendeva per un complimento, sinonimo dei "guerrieri" romani, ma controbattendo con un altro riferimento imperiale definendo Pazienza «gladiatore». Convenevoli tra pugliesi dato che erano corregionali.

Flavio Carboni, molto spigliato, veniva indicato per "faccendiere" un ruolo non ben definito, dalla terminologia vaga.
Vestiva abiti di ottima fattura, molti dei quali di taglio militare, nelle forme e nei colori.

La prima volta che lo aveva visto scendere dall'aereo, nonostante la bassa statura, lo aveva confuso per un militare di alto rango poi da vicino, aveva notato che era un abito di colore verde, civile, con bottoni dorati ma senza alcuna mostrina o alamaro.

Nelle sue brevi ma piacevoli conversazioni, intrattenute durante i suoi transiti aeroportuali, confidò la sua amicizia con Francesco Pompò.[17]
Spesso, si recava in Austria, a Klagenfurt, per accompagnare o raggiungere la sua giovane e bella fidanzata, originaria di quella località.

Non sfuggì a Nino il particolare di un pomeriggio quando, diversi aerei, con vari personaggi tra cui anche un politico, partirono da Milano diretti proprio a Klagenfurt.

---

[17] Ex Questore.

Il noto banchiere intanto, già in odore di crack, arrestato il
20 maggio 1981 e scarcerato nel luglio successivo, aveva
ripreso a spostarsi con il jet privato, essendo stato reintegra-
to nel suo ruolo, tornando a presiedere l'Istituto bancario
ambrosiano.

Appariva malfermo e più taciturno del solito e Nino, per edu-
cazione, quando lo vedeva giungere con l'auto aziendale
condotta dal suo fido autista, lo avvicinava accompagnando-
lo sino alla scaletta dell'aeromobile, a volte sostenendolo. In
quei frangenti l'uomo non profferiva alcuna parola, ringra-
ziando con lo sguardo.
Aveva conosciuto sua figlia e sua moglie che in quel periodo, insieme o alternativamente, svariate volte lo avevano atteso sedute sui divani della sala aspetto, ricavata, a vista, in
uno slargo del corridoio.

Con la moglie, una donna dai lineamenti fini e regolari, esi-
le e gentile, aveva spesso dialogato del più e del meno e
aveva capito che a quella famiglia, lui stava simpatico. Di
lei si diceva che aveva un leggero deficit "mentale" ma
Nino non credeva a quelle insinuazioni poiché gli era parsa
lucida e sana. Nel contempo, gli pseudogiornalisti erano di
fatto scomparsi.

Il 27 aprile del 1982, in aeroporto, si diffuse la notizia di un
attentato al banchiere ma più tardi venne rettificata: avevano sparato al suo vice Roberto Rosone e uno dei sicari era
stato colpito.[18]

---

[18]   Rosone vice presidente del Banco Ambrosiano ferito alle gam-
       be da Danilo Abbruciati ucciso da una guardia giurata di servi-
       zio davanti alla banca.

Il successivo 12 giugno, il banchiere scomparve per poi essere ritrovato impiccato sotto un ponte a Londra il 18 giugno, presunto suicida.

Nel lasso di tempo intercorrente tra l'attentato al vice e la scomparsa del banchiere, assidue le presenze a Milano di Francesco Pazienza e Flavio Carboni, entrambi "vicini" alla figura del banchiere, mossi da interessi magari non comuni ma relativi alle aspettative di chi li aveva attivati o consigliati.

Due figure emblematiche, ognuno per il suo verso, specie nella vicenda legata alla morte misteriosa del banchiere.
I loro nomi e quelli di loro "amici" veri o presunti, in seguito e per molti anni ancora, compariranno anche nelle inchieste su stragi, depistaggi, riciclaggio di denari e collegamenti con la criminalità organizzata.

Personalmente Nino, a pelle, senza alcun dato o informazione, leggendo le notizie di stampa susseguenti a quel tragico episodio londinese, nel tempo, si volle convincere che Flavio Carboni, pur avendo probabilmente organizzato la fuga, potesse essere estraneo alla tragica morte del banchiere.

La metodologia utilizzata, presentava dinamiche depistanti più consone ad apparati di natura segreta o devianti che a malavitosi, per quanto efferati, ma che avrebbero scelto una soluzione sbrigativa e più domestica.
Il ragionamento, derivava dal particolare che con il suo vice, l'attentato era stato organizzato con sistemi classici e quindi, riconducili a malavitosi mentre per il banchiere, si era utilizzata una tecnica che potrebbe essere stata suggerita da un

"ideologo" allontanandolo prima dall'Italia e poi facendolo ritrovare impiccato sotto un ponte, per mimare un suicidio.

Ma perché il bancario era fuggito a Londra? Solo per tutelarsi o perché doveva incontrare qualcuno con cui pensava di poter risolvere alcune problematiche collegate alla cattiva o riservata gestione di taluni fondi?

Nino, tempo prima, dopo la scarcerazione del banchiere, parlando con il suo autista che lamentava un controllo un po' assillante nei confronti del suo capo, vero o presunto ma sicuramente sofferto o avvertito, aveva appreso che se il banchiere avesse voluto scappare ed eludere la vigilanza, non aveva da fare altro che scavalcare una recinzione in rete della sua villa nel comasco, situata praticamente al confine. Pochi passi e sarebbe stato in Svizzera.
Se questa evenienza risultasse vera, cadrebbe l'ipotesi che il banchiere sarebbe fuggito all'estero per sfuggire alla morsa delle autorità ma certamente inseguito da altre figure o spettri, materializzati o paventati da chi gli stava più vicino.

Personalmente, nell'ambito della sua attività di servizio, Pazienza e Carboni non li aveva mai visti insieme ma era noto che entrambi, erano interessati alle sorti del banchiere e del suo istituto bancario.
Dopo la tragica fine del banchiere, svanirono e non vennero più notati nell'aeroporto executive.

Il pomeriggio del 23 giugno 1982, mentre era comodamente seduto sul suo divano a vedere la partita di calcio Italia – Camerun, ricevette una telefonata da una persona che con voce grave, cupa e un po' lontana, presentandosi per un funzionario del Ministero ma senza identificarsi, gli chiese se avesse piacere a essere trasferito.

Nino chiese dove e l'interlocutore rispose magari a Napoli. Rifiutò l'offerta.

Quella che le era parsa una procedura anomala, si materializzò qualche giorno dopo, quando il suo capo lo convocò per comunicargli che era stato trasferito. A Napoli.

Rispose che non aveva fatto domanda per quella località, al massimo avrebbe preferito la sua città natia, in Puglia, ma il capo disse che il telex quello diceva.

Dovette formalizzare il rifiuto al trasferimento e il capo l'accettò, confermandogli che sarebbe rimasto al suo posto.

Qualche mese dopo, verso la fine del 1982, senza una spiegazione plausibile, venne convocato da un GIP presso il Palazzo di Giustizia.

Presentatosi, gli venne spiegato che era stato chiamato per fornire spiegazioni sul suo operato presso l'aeroporto di Milano Linate, in quanto vi era un'indagine che coinvolgeva anche altri colleghi, relativa all'ingresso facilitato di cittadini asiatici e in particolare cinesi.

Perplesso, rispose che lui non era in servizio presso l'aerostazione, essendo assegnato da tempo all'aeroporto privato.

La giudice, una bella donna sulla cinquantina, lo guardò e colpita, riferì che il suo nominativo era stato inserito in una lista richiesta al suo ufficio, concernenti gli specialisti del controllo passaporti. Se l'hanno inserita, vuol dire che lei presta servizio, magari saltuariamente presso l'aeroporto.

Nino escluse questa eventualità e la Giudice, convintasi, non verbalizzò la circostanza, lasciando intuire che forse il suo Comando si era sbagliato nel redigere la lista. Colse l'occasione però per chiedergli alcune informazioni su degli aeromobili e i loro piloti.

Rispose esaurientemente e lasciò l'ufficio giudiziario sorridendo, ricambiato dalla Giudice.

Uscito, si recò direttamente dal capo il quale, messo al corrente di quanto era avvenuto, rispose che quell'elenco lo aveva stilato il responsabile dell'ufficio Frontiera e che era anomalo che avesse inserito anche il suo nominativo.

Nino chiese se tra i poliziotti che prestavano servizio all'aeroporto privato ve ne fossero altri inseriti in quella lista e il capo, dopo aver richiesto una copia alla sua segreteria, confermò che tra i nominativi, figurava solo il suo. Venne rassicurato che avrebbero fatto chiarezza ma non accadde nulla.

Pochi giorni dopo, venne convocato direttamente dal responsabile dell'ufficio Frontiera il quale, gli porse una penna chiedendogli di apporre una firma su un foglio bianco, utile a una perizia calligrafica.

Chiese il perché e senza alcuna spiegazione plausibile, con tono deciso, reinvitato a scrivere la sua firma, mentre il suo superiore sbottava «ci sono degli accertamenti e stiamo verificando».

«Siii» fece Nino,

«come la storia della lista? Cosa vuole da me?»

«che metti una firma» fu la risposta un po' strozzata.

«non metto nessuna firma e non è autorizzato a chiedermelo e stia attento che in giro ci sono i terroristi»

Profferì quelle ultime parole di getto, quasi senza volerlo, ma ormai le aveva dette.

Il giorno dopo venne convocato dal dirigente e richiamato, ma con tono dall'autorità bonaria.

«Quello ti ha fatto rapporto, se gli succede qualcosa ti vengono a prendere, dovevi proprio dirla quella frase».

Nino si scusò ma disse che voleva capire perché quell'accanimento nei suoi confronti.

La risposta fu laconica ma efficace: «forse perché sei più intelligente di lui, chiudiamola qui. Ti assicuro che non ti darà più noia».

Evidentemente rifletté, al superiore aveva dato fastidio la sua iniziativa e il rapporto diretto che si era creato tra lui e il capo, si convinse di ciò pur non essendone certo.

Alle sette in punto del 15 marzo 1984, iniziò il suo servizio. Circa una mezz'oretta dopo, mentre usciva dal bar ove aveva fatto colazione, notò giungere un collega della Criminalpol[19] e che conosceva bene, poichè sino a due anni prima, aveva prestato servizio all'aeroporto e guarda caso, proprio all'ufficio Frontiera, collaboratore di quel "sottufficiale " che lo aveva adocchiato malevolmente.

Nel box ufficio, questi lo informò che Antonio Virgilio, arrestato circa un anno prima, seppur in attesa di un intervento cardiaco, era fuggito dalla clinica "Quattro Marie" di Ponte Lambro[20] ove era ricoverato, nella zona est della periferia milanese e poco distante dall'aeroporto privato.

«ma non era piantonato» chiese Nino

«certo che lo era»

«e allora cosa vuoi sapere»

---

[19]   Criminalpol poi sciolta e confluita nella Squadra Mobile.

[20]   Oggi Centro Cardiologico Monzino.

«devi informarti se qualche elicottero o aereo privato si è
mosso stamattina presto, insomma se c'è stato movimento»
«ma scusa la torre di controllo o la direzione generale non
deve autorizzare il volo»
«e questo è il punto, si pensa che potrebbe essersi alzato
senza averlo chiesto»
«e questa idea investigativa ti è venuta da solo o te l'ha suggerita il tuo ex capo» incalzò Nino con chiaro riferimento ai
suoi trascorsi aeroportuali.
«si lo so che è una eventualità un po' astrusa ma è un tentativo che va fatto»
«e allora» rispose Nino congedandolo «vai a fare le domande giuste nei posti giusti».

Nino, il tranese Antonio Virgilio, lo conosceva poiché abituale frequentatore dell'aeroporto.
Proprietario di vari alberghi, giungeva spesso accompagnato
dalla moglie e dai figli nonché molto legato al suo nipotino.
Una persona affabile, che solo la cronaca, dopo l'arresto,
aveva svelato alcuni collegamenti ritenuti "criminosi" tra i
quali, un presidente della stessa ATA, Carmelo Gaeta, la
società che gestiva l' aeroporto executive.
Conobbe anche altri presidenti che avevano gestito l'aeroporto privato, le cui inchieste per via dei loro legami, non
sempre cristallini, erano frequentemente pubblicate sulla
cronaca nera dei vari quotidiani.

Nel corso della sua attività di servizio, aveva conosciuto
diversi personaggi finiti sulle cronache, di svariata estra-
zione, tra cui Luigi Monti, Tassan Din, Rizzoli, Fabbri, i
fratelli Tanzi di Parmalat, il capo mafioso Salvatore Enea
detto "Robertino" arrestato a Milano e condotto in manet-

te a Palermo e, persino, la moglie brasiliana di Masino Buscetta.

In quegli anni, lo scalo jet vide la frequentazione dei più importanti imprenditori nazionali e stranieri, Agnelli, Armani, Pirelli, Gardini, Ciarrapico, Caltagirone, De Nora, Moratti, Pesenti, Carlo Pedersoli alias "Bud Spencer" De Tomaso, i presidenti Eni e quelli delle americane Gillette, 3M, IBM solo per citarne alcuni, i principi di Montecarlo, i Sovrani arabi e le loro principesse - che giungevano velate e vestite in maniera tradizionale ma, appena sbarcate, si infilavano nei bagni da dove ne uscivano con abiti delle migliori firme della moda occidentale - i più importanti politici dell'epoca di qualunque formazione partitica, oltre a piloti di Formula Uno, calciatori, sportivi, attori, stilisti, cantanti e notorietà varie.

E ovviamente, Silvio Berlusconi e tutto l'entourage di Mediaset che inizialmente, possedeva un solo aereo poi divenuta, nel tempo, una flotta. Una persona socievole e generosa a cui piaceva scherzare e parlare di calcio, specie con lui, notoriamente juventino.

Quando nell'estate del 1984, lui e la moglie Veronica Lario, scesero dall'aereo con la loro primogenita "Barbara" appena nata, Nino andò loro incontro prendendo la neonata in braccio e constatando che era di una bellezza infinita.

Verso la metà d'agosto dell'anno 1986, dopo una telefonata ricevuta da un funzionario ministeriale, con una voce molto somigliante a quella ricevuta anni prima, venne informato, con tono fermo, che avrebbe partecipato a un corso di addestramento operativo in Sardegna. Qualche settimana dopo, giunse il telex che disponeva la partenza.

Di lui, in seguito, si ebbero notizie in maniera frammentata. Chi diceva di averlo visto a Roma, altri a Napoli e Palermo altri ancora a Barcellona, Malaga e in costa azzurra.

Una notte del marzo 1987, nelle vicinanze dell'ortomercato di Milano, un'autovettura sportiva si schiantò contro un muro di cinta e prese fuoco. Un vigilantes, notò l'auto incendiata e diede l'allarme.
Più tardi i pompieri, intervenuti sul luogo, estrassero dall'abitacolo un corpo completamente bruciato.
Dall'intestazione dell'auto risalirono al suo proprietario.
Era Nino e aveva 29 anni.

TOX

Era stato un poliziotto, poi denunciato, arrestato ed espulso.
Era avvenuto quando su richiesta di un superiore corrotto[21] aveva favorito il boss catanese Angiolino Epaminonda detto il "Tebano" detenuto in una caserma nella fase degli interrogatori da "collaborante".
Le pietanze del boss, anche a base di pesce e aragoste, ordinate presso un noto ristorante meneghino, le aveva "arricchite" con dosi di "cocaina".

Dopo un soggiorno nel carcere militare di Peschiera del Garda, aveva subito un processo e gli era stata inflitta una pena minima.
Liberato, aveva allacciato contatti con alcuni malavitosi napoletani organici al clan "Guida" e su richiesta, procurava documenti contraffatti "confezionati" da "falsino" un personaggio storico del milanese, abitante nella zona di San Siro. Con loro prese ad offrire "protezione" a night club e discoteche sino a spingersi, autonomamente, nel recupero crediti utilizzando maniere sbrigative e non troppo liceali.

Dato il momento storico e la situazione nella capitale economica lombarda, ma anche per le attività che compieva, aveva preso a girare armato. Si sentiva più sicuro poiché nessuno si tirava indietro e bisognava stare attenti ai nemici e anche agli "amici".

Le armi, pistole e mitra e relative munizioni, gliele procurava un suo amico, Marco Caelio, rintracciabile presso

---

[21] Risultato successivamente a libro paga del boss catanese.

un'agenzia di pratiche auto nonché gestore di una autorimessa nella zona di Piazzale Susa.

Tox, stava pranzando in un ristorante in via Ripamonti.
Aveva già consumato un gustosissimo piatto di spaghetti alle vongole e stava attendendo un secondo di misto pesce, quando, senza alcun preavviso, venne raggiunto al tavolo da Riccardo Modeo e Cosimo Murianni, due personaggi del clan tarantino dei "messicani" in guerra con il fratellastro Antonio Modeo e i suoi alleati "De Vitis".[22]

Senza convenevoli, Riccardo Modeo chiese a Tox se c'era il suo zampino nella fornitura di appoggi, armi ed autovetture a personaggi a loro avversi, dato che uno di questi, sceso da Milano, si era recato a Monteiasi e Pulsano[23] chiedendo con toni minacciosi di Marino Pulito, loro affiliato.

Tox escluse questa eventualità, affermando che lui in quella guerra[24] non ci voleva entrare e che non aveva favorito nessuno.

I due non vennero convinti dalle risposte di Tox e nel congedarsi, gli lasciarono un numero telefonico scritto su un tovagliolino intimandogli, senza mezzi termini, di organizzare un incontro con chi materialmente avesse fornito quell'auto di cui avevano rilevato la targa e risultata intestata a una società e di farlo velocemente.

---

22 Clan capeggiato da Salvatore De Vitis.
23 Località del tarantino.
24 Anni 90. Guerra tra clan tarantini anche a seguito della scissione del clan Modeo.

Tox si maledì per non essere uscito armato.

Poco dopo, raggiunse un garage, preannunciandosi con una telefonata.

Appresi i particolari della vicenda, il suo interlocutore non si scompose. Gli disse di prendere un appuntamento con loro per l'indomani a pranzo.

Uscito, si diresse direttamente a Bresso per incontrare, presso il suo bar intestato a una prestanome, gli uomini della sua "batteria"[25].
Una decina di elementi, tutti incensurati o quasi, che lo coadiuvano nelle sue molteplici attività, compreso il bagarinaggio o il cambio assegni e cambiali.

I tarantini volevano l'incontro in serata e Tox, nel pomeriggio, riferì mentendo, che la persona era fuori e che sarebbe rientrata la mattina dell'indomani, proponendo un ristorante di viale Montenero.
Risposero che li avrebbero attesi a pranzo, alla Trattoria "Isola Anita" in via dei Missaglia.[26]

Il mattino successivo, verso le 11, scese in uno scantinato affittato nei pressi del bar e da un borsone prese le pistole. Due le tenne per sé le altre, una a testa, le consegnò ai due suoi uomini che lo avrebbero preceduto alla trattoria.

---

[25]   Inteso cosca.
[26]   Zona controllata all'epoca dal clan Mannino.

MARCO CAELIO

Aveva poco più di 31 anni, un fisico snello e asciutto, alto oltre 1,81, moro, labbra carnose, capelli mossi tendenti al riccio. Un bell'uomo si direbbe ma soprattutto, affascinante, tenebroso, istintivo.
E infatti, uno studio della forma del suo naso, con una piccola gobbetta sul ponte, lo descriveva per acuto, attento, ambizioso, con una forza di volontà incredibile, che non ama la slealtà e i tradimenti e potenzialmente un leader.

Era cresciuto in un quartiere periferico di una grande città pugliese e sin da bambino, si era abituato a osservare i movimenti delle persone, la loro gestualità e ascoltarne le aspettative, specie quelle dei giovinastri di quartiere, ladruncoli o scippatori, nel loro gergo definiti "topini".
Con alcuni di loro, era cresciuto condividendo il marciapiede ove si riunivano, davanti al bar o la gelateria e quando divenne più cresciutello, in una sala biliardi.

Non voleva emulare le loro gesta e rimaneva indifferente quando li arrestavano, per un motivo o per un altro. Non era il suo ambiente e non condivideva nulla di quel sistema di vita.

Quegli insegnamenti però, erano tornati utili, quando si era dovuto confrontare con la realtà dei balordi e dei malavitosi milanesi, città ove si era trasferito appena maggiorenne.

Lavorava presso un'agenzia di pratiche auto e da un paio di anni, gestiva, con l'aiuto di due lavoranti, un'autorimessa situata nei pressi, non molto grande, in una zona ove la tipologia edificatrice degli immobili, molti di inizio secolo, non aveva previsto la costruzione di box e quindi di fatto, il garage era sempre occupato, avendo affittato i posti auto, circa una cinquantina, con contratti a lungo termine. L'attività, originariamente era intestata a una coppia di anziani, marito e moglie, senza figli, che poi avevano lasciato a lui il compito di gestirla.

Marco Caelio[27] aveva ampliato l'attività, con la compravendita, intermediazione e noleggio di auto di grossa cilindrata, con o senza autista, offrendo anche un servizio di sicurezza se qualcuno lo richiedeva. Pratiche che ovviamente sbrigava celermente presso l'agenzia ove era occupato. Le destinazioni dei suoi clienti, spesso erano Andorra, San Marino, la Svizzera, il Lussemburgo, Montecarlo e la costa azzurra.

Agli inizi dell'anno 1989, due soggetti sui quarant'anni, con marcato accento foggiano, si erano presentati e lo avevano minacciato, richiedendo, senza mezzi termini, una mazzetta abbastanza cospicua e che copriva quasi il cinquanta per cento delle entrate mensili.
I due estorsori, erano parsi anche molto ben informati sul fatturato ed in aggiunta, avevano richiesto pure la messa a disposizione di un'auto.

Aveva fatto finta di assecondarli prendendo tempo e dopo avergli dato un appuntamento nel pomeriggio di due giorni dopo, si era rivolto a una sua vecchia conoscenza, un ex poliziotto conosciuto con il nome di Tox, personaggio con cui aveva già affrontato un problema analogo, occorso tempo

---

[27]   Si pronuncia "Celio".

prima all'agenzia di pratiche, risolto brillantemente e senza colpo ferire.

Dopo quell'episodio, aveva cercato armi automatiche, rifornendosi da un autotrasportatore che le acquistava in Svizzera e in Belgio, soprattutto pistole automatiche 92S e mitra M12, che utilizzavano le stesse munizioni, il calibro nove.
Almeno lui questo disse a Tox quando gli mostrò il suo arsenale, ponendolo anche a sua disposizione, qualora gli necessitasse.

Inoltre, nelle sue "attività" che per tipologia e destinazione, nessuno avrebbe mai denunciato - ovvero la sottrazione di beni illeciti, stupefacenti e denaro sporco - poteva contare sull'appoggio di una propria "batteria" di una quindicina di uomini, suddivisi in cinque gruppi, a cui aveva dato una nomea per meglio indicarli: "Jack, Publio, Lux, Agrippa e Vax."

Tre, quattro uomini per ogni gruppo, utilizzati anche come autisti o guardie del corpo. Di questo, Tox nulla sapeva.
Era un suo segreto.

In particolare, il gruppo "Jack" era esperto in tracciati telefonici, apparati elettronici, video, segnalatori e quant'altro.
All'occorrenza, aprivano un'auto con qualunque dispositivo e se necessario la "allestivano" con microspie e virus segnalatori[28] in brevissimo tempo.

La metodologia di Marco Caelio, prevedeva, quando possibile, l'utilizzo di un solo gruppo sodale per volta, salvo differenti necessità.

---

[28]   Localizzatori poi sostituiti da apparati satellitari GPS.

Gli appartenenti ai cinque gruppetti, pur conoscendosi, non dovevano avere contatti tra loro, nemmeno telefonici e non si dovevano frequentare. Se casualmente si incontravano, dovevano ignorarsi. Lo stesso faceva lui.

I due foggiani, baldanzosi, fecero il loro ingresso nel garage e notarono che nell'ufficio, creato a vista, non vi era nessuno. Lanciarono un fischio poi si diressero verso il fondo ove vi era uno sgabuzzino e il bagno e qui, appena vi fecero capolino, incontrarono le bocche di due pistole puntate in faccia mentre venivano tirati all'interno.
Vennero fatti inginocchiare e Tox chiese chi li mandava.
Farfugliarono qualcosa mentre incominciarono a prendere colpi in testa, sulle spalle e sulle gambe poi, sanguinanti, uno di loro disse che era una loro iniziativa personale e che potevano lasciare perdere poiché non si sarebbero fatti più vedere.

Marco Caelio non gli credette e abbassò il cane della pistola. L'altro, visibilmente scioccato urlò «non sparare» e vomitò dopo essersi pisciato sotto. Riferì che erano stati mandati da un catanese e che le informazioni, erano state fornite da un conoscente che in passato aveva frequentato quella zona. Vennero invitati a non farsi più vedere e mandati via.

Nei giorni seguenti, Tox, in un bar di Piazza Ovidio, pistola in pugno, avvicinò il catanese presunto mandante e questi, negò ogni coinvolgimento.
Dopo questo episodio, fu Tox a richiedere, in varie occasioni, l'ausilio di Marco Caelio che in quel periodo, si limitava ad accompagnarlo agli appuntamenti finalizzati al recupero crediti.

Quel mattino di fine settembre[29] si alzò quasi alle undici, si fece la barba e la doccia, poi guardò l'armadio, scelse l'abito, la camicia, la cintura, i calzini e poi dalla scarpiera, prese un paio di scarpe nuove, nere e lucide.

Da un armadio posto nel ripostiglio, estrasse un giubbotto antiproiettile a maglie fini che venne indossato sulla maglietta intima e coperto dalla camicia, infilò i pantaloni, strinse la cintura dopo aver inserito una fondina a sinistra, vi inserì l'automatica calibro 9 e indossò la giacca. Elegante e raffinato, ricercato negli accessori, si mise un "Panerai" al polso e guadagnò l'ascensore che lo condusse direttamente nel seminterrato dello stabile ove vi erano i box.

I tarantini volevano le informazioni e lui gliele avrebbe date.

La sera precedente, da solo, si era recato alla trattoria e dopo averla visionata, aveva prenotato un tavolo rotondo, quello più vicino all'ingresso delle cucine.

Poi aveva attivato il gruppo "Vax" e dopo averli sommariamente ragguagliati, chiese per l'indomani, di predisporsi con due uomini accompagnati da due donne, ovviamente ignare ma utili a formare due coppie.
Si sarebbero recati alla trattoria per le 12.30, in anticipo rispetto a coloro che dovevano incontrare, occupando un tavolo vicino all' ingresso del locale, in maniera che se fosse successo qualcosa, potevano serrare le uscite.

Alle 12.00 Tox lo raggiunse al garage e con la sua auto, si diressero all'appuntamento. Vi giunsero venticinque minuti

---

[29]   Anno 1989.

dopo e dato che erano in anticipo, fecero un paio di ampi giri circoscrivendo l'area, anche per controllare se vi fossero altri uomini già predisposti dai loro temuti commensali.

Alle 12,50 fecero il loro ingresso nella trattoria e presero posto a un ampio tavolo rotondo, quello prenotato, tenendo le spalle al muro e con l'ingresso ben in vista. Entrambi avevano già caricato le armi.

I tavoli, alcuni molto ampi, una quindicina in tutto, erano occupati per una buona metà. Tra questi quello di due coppie nelle vicinanze dell'ingresso e un altro occupato da due giovani, quasi al centro della sala.

I tarantini giunsero con qualche minuto di ritardo, accompagnati da altri due compari che vennero riconosciuti per appartenenti, rispettivamente alle famiglie mafiose "Fidanzati"[30] e "Mannino"[31] che dopo i saluti, si sedettero allo stesso tavolo, aggiungendo due sedie alle quattro predisposte.

Vennero serviti antipasti di mare comprese delle gustosissime e fresche ostriche e in attesa dei primi, Cosimo Murianni chiese a Tox se aveva chiarito la fornitura dell'auto.

Con un cenno della mano, indicò Marco Caelio il quale, senza alcuna impressione prese a dire: «La Mercedes grigia di cui avete la targa l'ho fornita io a colui che l'ha pagata.
È rimasta provvisoriamente intestata a quella società in attesa di avere tutti i documenti e perfezionare il passaggio di

____

[30] Famiglia Fidanzati clan mafioso originario di Palermo.
[31] Famiglia Mannino clan mafioso operante nella zona Gratosoglio di Milano originario di Catania.

proprietà, tutto qui, nessun mistero, lui non c'entra nulla»
riferendosi a Tox.

«In quell'auto» attaccò Riccardo Modeo «vi erano armi che
sono state fornite a Milano e a noi risulta che chi ha fornito
l'auto gli ha dato pure le armi»

Secco Marco Caelio ribattè che non era vero «io vendo o
noleggio auto, non armi, signori, chi vi ha detto questo ha
mentito».

Mangiarono il primo e la discussione continuò con Marco
Caelio che, con tono fermo, replicava a ogni insinuazione
ma riuscendo a carpire dettagli utili per risalire a chi, avrebbe potuto aver dato la dritta al clan jonico. I tarantini parvero convinti ma alzandosi e lasciando il locale, intimarono a
Tox e a lui, di non farsi vedere dalle loro parti in Puglia.

Rimasero seduti mentre i due giovani del tavolo centrale
uscirono anch'essi. Poco dopo anche le due coppie lasciarono il locale e a seguire, pure loro.

Nel rientrare, Tox ringraziò l'amico per essersi accollata la
responsabilità in toto di tutta la vicenda in cui effettivamente, aveva una responsabilità poiché era stato lui a condurre
al garage il personaggio, a pagare le armi e a richiedere che
il mezzo non gli venisse intestato.

Da quanto riferito dai "messicani"[32] ritenne di aver capito
chi aveva fornito l'informazione e indicò un tarantino, tra-
piantato a Milano da moltissimi anni, frequentatore di un

____

[32]   Nomignolo indicativo del clan Modeo.

bar di via Mantova in zona corso Lodi, locale che pure lui bazzicava e che spesso, si recava in un autosalone frequentato da diversi pugliesi, in via Felice Bellotti.

Nonostante l'avvertimento, qualche settimana dopo, Tox scese nel tarantino e subì un agguanto, dopo essere uscito dalla macelleria di Marino Pulito[33] con cui aveva avuto un "acceso" diverbio.

Per fortuna era armato e riuscì a colpire due dei suoi aggressori uccidendoli ma rimanendo a sua volta ferito.
Ricoverato, venne piantonato dagli agenti in attesa di chiarire i risvolti della vicenda che si concluse con la determinazione che si era trattata di legittima difesa.
In quel periodo, ancor di più avvertì la vicinanza del clan De Vitis, che lo protesse da ulteriori tentativi di finirlo.

Venne rinviato a giudizio solo per il porto abusivo dell'arma e qualche mese dopo, agli inizi del nuovo anno[34] rientrò a Milano.

Da quel momento ebbe inizio la guerra personale di Tox a Marino Pulito, ritenuto il vero mandante dell'agguato a suo danno e quindi la ricerca di alleati per evitare che i tarantini finissero il "lavoro" a Milano.

Marco Caelio avvertì questa esigenza ma inizialmente non la caldeggiò. Voleva rimanere fuori o comunque ai margini del sistema malavitoso dei clan criminali, spesso in lotta tra loro, doppiogiochisti, oggi con gli uni domani con gli altri.

---

[33]   Sodale del clan Modeo.
[34]   Riferimento anno 1990.

Ma visto che l'amico Tox era così desideroso di agganciarsi a qualche clan, anche per autodifesa, studiò un piano per avvicinarlo a costoro senza dare troppo nell'occhio e soprattutto senza creare sospetti.

Sapeva che nella zona di piazza Bonomelli vi era un centro estetico, la cui titolare era considerata una "amica amica" del boss catanese peraltro latitante, Jimmy Miano[35] e fece in modo di creare disturbo, inviando due suoi uomini a fare un po' di "teatro" scherzando con le ragazze, alzando un po' la voce e disturbando la clientela che oltre ai tonici massaggi, usufruiva anche di "servizi accessori" lasciando intuire alla titolare, ma senza dirlo esplicitamente, che avrebbero voluto una mazzetta.

Quanto avvenuto, venne subdolamente riferito a Tox da Marco Caelio il quale, lo invitò a recarsi per qualche pomeriggio al centro estetico e nel caso, intervenire a tutela della titolare e farli desistere dai loro intenti, ma senza azioni violente utilizzando solo l'abilità discorsiva che possedeva.
Tox lo fece e due pomeriggi dopo, quando i figuri giunsero, udendo la titolare un po' alterata, uscì dalla cabina ove stava ricevendo il massaggio coperto dal solo asciugami stretto in vita e avvicinò i due soggetti, invitandoli ad attenderlo per il tempo necessario a rivestirsi.
Nei pressi del locale, in strada, li affrontò, convincendoli a desistere e i due, accolsero l'invito, allontanandosi.

La titolare, venne positivamente colpita dall'intervento e dopo le presentazioni, lo omaggiò del trattamento tonico ri-

---

[35] Luigi Miano detto "Jimmy" capo indiscusso del clan catanese denominato "cursoti milanesi" deceduto nel 2005.

cevuto, invitandolo a ritornare ogni qualvolta gli avrebbe fatto piacere.

La settimana dopo, mentre era davanti al bar di Bresso, venne raggiunto da un uomo che giunse a bordo di una moto enduro.
Era Jimmy Miano.

Lo ringraziò per il suo intervento "disinteressato" al centro estetico e dopo aver bevuto qualcosa insieme, gli chiese come poteva sdebitarsi.

Tox, raccolse l'invito e si propose per la sicurezza nelle sue bische in appartamenti, sapendo che oltre a quelle a "cielo aperto"[36] disseminate in varie zona della città, ne gestiva diverse in lussuosi appartamenti.

Miano sorrise, gli diede una pacca sulla spalla e rispose che ci avrebbe pensato.
L'interesse di Tox in tale attività, era legata alla necessità di voler ampliare il proprio giro di "affari" e di conoscenze grazie alla vicinanza di boss e personaggi di alto livello che le frequentavano.
A lui interessavano i soldi, a Marco Caelio meno o comunque, non solo quelli.
Passarono i giorni ma nulla accadde. Non venne cercato e non ricevette alcuna ambasciata.

Nel contempo, Tox, in qualche occasione, si era recato comunque nella lussuosa ed esclusiva bisca allestita in corso

---

[36] Bische allestite in piazzali stradali predefiniti. Le più note Palmanova, Garibaldi, Trotter.

Plebisciti nello stabile del civico 1, una bella zona della città, per accompagnare dei malavitosi o personaggi danarosi, solitamente agganciati nei night.

A seguito di tali occasionali frequentazioni, ebbe a riferire all'amico che la prima volta, appena entrato, aveva avuto un moto di sorpresa, per il giro di denaro che circolava, per la organizzazione e per essere stato subito accompagnato in bagno da un addetto e invitato a depositare l'arma nel vano ricavato sotto al piano doccia, che veniva sollevato agilmente non essendo cementato. Nessuno all'interno doveva essere armato.

Marco Caelio intanto, tacendolo a Tox, a sua volta, aveva iniziato a osservare i movimenti della bisca clandestina, constatando che la sera con più affluenza era sicuramente il lunedì, forse derivante dal fatto che svariati locali notturni osservavano il turno di riposo.

Intorno alle 22 iniziavano a giungere i primi giocatori che nel corso della serata, diventavano sempre più numerosi, raggiungendo il clou tra la mezzanotte e l'una.
Altra particolarità emersa nel corso delle osservazioni era quella che diversi giocatori, sia uomini che donne, specie quelli che giungevano in tarda serata, avevano il viso coperto da mascherine, probabilmente per non rivelare la loro identità dato che il luogo, era notoriamente frequentato, oltre che da boss, industriali, manager e arricchiti, anche da personaggi noti in ambienti televisivi, sportivi e cinematografici. Sarà stato per vezzo o per intraprendenza, la cosa aveva colpito la fantasia di Marco Caelio che intanto, stava predisponendo un suo piano.

Agli inizi di marzo, era un venerdì, convocò i componenti dei gruppi "Lux", "Publio", "Vax" e "Agrippa" presso il garage e presa contezza del numero dei disponibili, illustrò il suo piano d'azione.

Sarebbero stati in tutto undici uomini compreso lui, da mettere in opera il lunedì successivo, con ingresso sparpagliato nella bisca, tra la mezzanotte e l'una.

Alle 22,30 Marco Caelio, vestito elegantemente con uno smoking scuro e papillon grigio argento, era già nei pressi, posizionato nel punto di osservazione più congeniale, per visionare gli ingressi nello stabile. La bisca era stata allestita in un appartamento al piano terra e il portone, a vetrate, consentiva di vedere agevolmente anche l'apertura e la chiusura della porta di ingresso della bisca "casinò".

A partire dalle 23,30 circa, l'affluenza si fece più consistente e osservò il giungere di diverse coppie, vestite elegantemente, molte delle quali indossanti la mascherina sul volto per celarne l'identità.

Particolare curioso, aveva altresì notato che alcuni giocatori, sia singoli che in coppia, aspettavano l'ingresso di qualcuno per accodarsi ed entrare in frotte, forse per non dare nell'occhio o per non attirare troppo l'attenzione su di essi o probabilmente, perché non sapevano il numero del citofono per farsi aprire. Infatti, bisognava premere il pulsante della citofoniera numero 00 intervallandolo tre volte e automaticamente, senza alcuna risposta, l'accesso veniva aperto dall'interno elettricamente.

Intorno alle ore 1,00 stante ai conteggi fatti da Marco Caelio, all'interno vi dovevano essere all' incirca 150 persone.
Alle ore 1,11 accodandosi ad un altro giocatore, fece il suo
ingresso con il volto nascosto da una maschera bianca, in-
dossata nell'atrio del portone.

Appena entrato, venne invitato ad aprire la giacca per verificare che non fosse armato, quindi si diresse nella zona bar
ove vi erano altri giocatori, uomini e donne. Non ordinò
nulla da bere ma prese a girare dirigendosi verso il banco
cambia soldi e al cassiere che lo guardava, vorticando
l'indice, gli fece capire che dava un'occhiata in giro e poi
avrebbe cambiato. Notò che altri giocatori avevano il papillon di colore simile al suo, circa una mezza dozzina e li
guardò, facendosi notare a sua volta.

Due donne, entrambe con mascherina sul volto, si staccaro-
no dal tavolo di gioco e si recarono in bagno, seguite poco
dopo da Marco Caelio.

All'interno della toilette, da sotto alle capaci vesti da sera,
ovviamente griffate, le donne estrassero delle grosse pistole
Beretta 92S calibro 9 con caricatore bifilare, consegnando-
ne una all'uomo che sussurrò loro di tenersi pronti appena
sarebbero entrati in azione.

Una delle due, si posizionò nei pressi dell' entrata della toilette tenendo la porta mentre l'altra, con l'aiuto di Marco
Caelio, sollevò il piatto doccia e dal relativo vano sottostan-
te, prelevarono tre pistole automatiche e due revolver, ripo-
nendole in un sacchetto di tela che avevano con loro.

Marco Caelio uscì dal bagno, fece un rapido giro della sala principale e di quella attigua, si posizionò in fondo verso la zona bar e dopo aver notato che tutti i suoi uomini si erano a loro volta posizionati in maniera strategica avendo il controllo totale degli ambienti, con un balzo felino saltò sulla tavolata di gioco urlando: «state fermi e non parlate, tutti con le mani sopra la testa e nessuno si farà male, vogliamo solo i soldi».

Il croupier, con un marcato accento foggiano si permise di urlare: «ma tu sai a chi stai rubando» quando ricevette un assestato colpo di pistola alla testa, sferrato da una delle cinque donne che armate, insieme ad altrettanti cinque uomini, tenevano sotto controllo la situazione.

In diversi capaci sacchi neri di nylon, due donne e un uomo, raccolsero i soldi dei clienti, ignorando orologi e gioielli, per poi passare a ripulire tutto il denaro del cambia soldi e della cassaforte.
Lasciarono la bisca dopo aver intimato a tutti di non muoversi e salutati con un laconico quanto ironico «per continuare, signore e signori, avete sempre i fagioli per la tombolata» .

Nell'uscire dallo stabile, una delle donne si tolse le scarpe e nel percorso di fuga, lanciò il sacchetto con le pistole trovate sotto al vano doccia in un cestino porta rifiuti, dileguandosi, come tutti gli altri, in varie direzioni.
Un'azione durata in tutto 17 minuti.

Intorno alle ore 2,00 si ritrovarono tutti e undici al garage, ove le cinque donne, giunte tutte scalze, si tolsero le vesti, le parrucche e si struccarono, ritornando allo stato biologico di uomini.

Intanto Marco Caelio, aiutato da un paio dei suoi uomini, contava il malloppo con una macchinetta, nastrando e confezionando 39 mazzette di denaro da cinquanta milioni ognuna,[37] per un totale di quasi due miliardi di lire.[38] Ultimato il conteggio, consegnò cento milioni[39] a testa alla decina, per un totale di 1 miliardo di lire, congedandoli.

Trattenne per sè 300 milioni di lire[40] depositandoli in un cassetto della scrivania dell'ufficio dell'autorimessa e la rimanenza del bottino, oltre 600 milioni di lire,[41] la ripose in una sacca.
Salì a bordo della sua coupè nera e guadagnò la strada diretto alla stazione centrale.

In una cassetta del deposito bagagli, la numero "E 77" depose la sacca e si allontanò. Da un telefono a vista, compose un numero e attese. Dopo circa quarantacinque minuti, un signore attempato, con cappello a falde scure, aprì quella cassetta e ritirò il contenuto.
Marco Caelio, lo osservò e poi rientrò a casa, fece una doccia e si mise a letto.

Più tardi, venne svegliato dalla suoneria del suo Motorola.[42]
Era Tox e voleva vederlo subito.

---

[37]   Attuale conio circa 25 mila euro.
[38]   Attuale conio circa 1 milione di euro.
[39]   Attuale conio circa 50 mila euro.
[40]   Attuale conio circa 150 mila euro.
[41]   Attuale conio circa 300 mila euro.
[42]   Telefono cellulare.

Lo fecero a pranzo intorno alle 13,30 in un ristorante di via Padova. L'amico, piuttosto agitato, riferì che in nottata avevano "spazzolato" una bisca di Jimmy Miano, quella più esclusiva di corso Plebisciti e che lo aveva chiamato, chiedendogli di vedersi quel pomeriggio stesso, fissando l'incontro al bar di via Mantova.

Marco Caelio, con molta freddezza rispose che poteva andarci o meno, visto che lo aveva snobbato sino a quel momento e comunque aggiunse ridacchiando, magari stavolta il "posto" te lo dà.

«Ci tenevi ad avere la gestione della sicurezza, questo episodio potrebbe averti fatto comodo, no»!
«Certo ma tu capisci chi cazzo è che si permette di fare un gesto simile? Tu capisci che metteranno Milano a ferro e fuoco per sapere, faranno stragi solo se sospettano di qualcuno, quelli sono matti».

«Sono catanesi» rispose flemmatico Marco Caelio, «parlano, parlano, disfano, fanno casino, ma chi se ne frega, tra di loro se le dicono e se le cantano, di che ti preoccupi, l'unico concreto è Jimmy Miano e qualcuno dei suoi, gli altri fanno solo cinema. Evidentemente hanno fatto qualche sgarro e gliel'hanno fatta pagare».

«Non credo» fece Tox, «questo è un segnale di qualche banda emergente, di nemici ne hanno qui e sotto, in Sicilia, ma arrivare a fare questo mi pare esagerato. Vedremo» .

Si salutarono e Marco Caelio considerò che effettivamente, la "spazzolata" poteva comportare una alterazione degli equilibri e condotte incontrollate, pur sapendo che Miano era un ragionatore che considerava la violenza estrema, quando necessaria, almeno così lo descrivevano. Pensò al da farsi e rifletté.

Tox, nell'incontro pomeridiano programmato con il boss, effettivamente venne ingaggiato per presidiare la bisca quando sarebbe stata riaperta, poichè avevano deciso di fermarla per qualche giorno, il tempo di riprendersi.

Nel contempo, quello stesso pomeriggio, Marco Caelio fece diverse telefonate, tra cui una, la più significativa.
Dall'altro capo, rispose una voce cupa, afona, quasi distante che, dopo aver ascoltato chiuse la conversazione dicendogli «codice nove».

Il sabato, cinque giorni dopo, la bisca venne riaperta e fatta presidiare da diversi uomini. Gli ingressi con le mascherine vennero vietati. Non potevano più correre rischi.

Quella sera, verso le 23, Tox raggiunse piazzale Dateo, cercò un parcheggio e si diresse a piedi verso corso Plebisciti. Quando era quasi giunto di fronte allo stabile, notò l'arrivo di due furgoni da cui discesero svariati uomini con i volti celati da passamontagna.

Rapidamente, circondarono lo stabile e fecero il loro ingresso nel palazzo, irrompendo subito dopo nell'appartamento bisca dopo averne abbattuto la porta.

Realizzò che erano poliziotti e a ritroso, riguadagnò il percorso fatto, raggiunse l'auto e si diresse immediatamente all'autoparco "Salesi" di via Salomone, quartier generale dei catanesi, ove incontrò Salvatore Cuscunà detto "Turi Buatta" uno degli uomini più fidati di Miano.

A lui riferì quello che aveva visto e immediatamente il catanese, dopo averlo congedato, informò il boss che giunse poco dopo.

Intorno alle successive ore 3,00 Jimmy Miano, alla presenza del fratello e di Turi Buatta, tenne un summit sul posto, a cui parteciparono tutti i suoi uomini disponibili, almeno una quindicina, riferendo che quelli della bisca erano stati tutti arrestati e che l'attività, almeno per quanto riguardava quell'appartamento, era definitivamente persa.

Vi furono alcune contestazioni, si parlò di traditori tra le loro fila e Jimmy invitò tutti alla calma. Bisognava aspettare e avrebbero saputo, se qualcuno aveva sbagliato o peggio infamato, sarebbe stato punito.

Vennero stappate decine e decine di birre e mentre sorseggiavano continuando la discussione, perentoriamente, incominciarono a essere bersagliati da svariate bottiglie incendiarie, lanciate da oltre il muro di cinta dell'autoparco.
Cercarono riparo dietro al gabbiotto che fungeva da ufficio e sotto i camion, estraendo le armi, ma la pioggia di fuoco non cessava.

Poi all'improvviso, il cancello posto all'ingresso prese ad aprirsi autonomamente e vennero fatti oggetto di raffiche di mitra sparate a ripetizione da un nùmero consistente di uomini, costringendo tutti a stendersi per terra. Il fragore dei proiettili e le vampate di fuoco, squarciavano il buio tutto intorno. Pareva un plotone di esecuzione e tutti erano vestiti di scuro.

Il volume di fuoco fu così nutrito, che nessuno osò rispondere uscendo allo scoperto, temendo di essere colpito.

Poi il silenzio, quasi irreale.

Turi Buatta fu il primo a riprendersi e a rialzarsi avendo intuito che i loro aggressori si erano allontanati.

Vennero accesi i fari di illuminazione, almeno quelli che erano stati risparmiati dalle raffiche, ma rimasero tutti nei pressi, in silenzio.

Si stava facendo giorno quando Jimmy, parecchio stravolto dalla situazione, disse che dovevano rimanere calmi.

Raggiunsero il cancello rimasto aperto e raccolsero i bossoli, che al conteggio, risultarono diverse centinaia, tutti calibro 9. Non poteva essere una coincidenza. Prima la spazzolata, poi l'irruzione alla bisca e in rapida successione, l'assalto all'autoparco.

Raccolse le proprie idee e la mattina stessa, chiese subito un incontro agli altri boss di tutto il nord Italia, calabresi, napoletani e pugliesi, per fare il punto della situazione. Doveva allearsi altrimenti la sua cosca soccombeva. Ma soprattutto doveva capire chi aveva messo in piedi tutto questo e nel tempo, fargliela pagare. Ma intuì che non era semplice.

Chiese a tutti di non parlare con nessuno di quanto accaduto quella notte. Questo fatto non è successo. Lo dovremo sapere solo noi, in maniera da scoprire chi ha messo in piedi il "teatro".

Sì, perché Miano, aveva notato che le raffiche, tolte le prime dirette al gabbiotto e a qualche camion, erano state direzionate, fulminando parte dei lampioni e facendo zampillare la ghiaia, di cui era cosparsa parte dell'area.

Non erano venuti per ammazzare ma per avvertire, una dimostrazione di "potenza" e scientemente, avevano cercato di non colpire nessuno, diversamente sarebbero tutti morti.
Erano giunti in tanti e chi li avrebbe potuti contare. Avevano visto solo i bagliori, le fiammate dei mitra e le ombre delle sagome.

Nella tarda mattinata, Miano incontrò Tox, chiedendogli se poteva sapere chi stava dietro all'irruzione alla bisca ma tacendogli l'attentato subito all'autoparco.
Voleva fare le sue mosse e l'ex poliziotto poteva tornare utile ma anche, pensava, poteva essere l'aggancio con quelli che lo volevano morto.

Qualcuno dei suoi, avendo saputo che sarebbe dovuto essere tra quelli che avrebbero presidiato la bisca, ormai "scoppiata" propose di eliminarlo subito, dato che guarda caso, la Polizia aveva fatto irruzione proprio poco prima del suo arrivo.

Miano rispose di dare tempo al tempo e si disse convinto che l'ex poliziotto non aveva fatto la spia ma se avesse saputo il contrario, lo avrebbe eliminato lui stesso.

BROWN
"Nulla è come appare"

Osservazione, controllo e azione. Il memorandum dello stratega.

Agli inizi della primavera di quell'anno[43] in corso san Gottardo, un uomo sulla trentina, alto, prestante, fisico asciutto, moro, presentandosi per "procacciatore" di contratti telefonici, riuscì ad "attaccare" bottone con una donna mentre faceva shopping, abitante a Corsico,[44] separata, madre di una bambina di quattro anni, insegnante preso il carcere di Opera.

Più volte l'aveva rivista, invitandola a bere un aperitivo in locali alla moda o sui Navigli, senza mai chiedergli nulla, ascoltando quello che lei diceva, a volte semplici e comprensibili sfoghi della sua quotidianità, vita privata e occupazione. Parlava dei suoi "alunni" in carcere, tra cui anche alcuni boss di elevato spessore.

Il procacciatore, nello stesso periodo, spesso si era recato nella bergamasca, nella zona di Suisio, ove pranzava in un noto locale, intrattenendosi e dialogando del più e del meno con il proprietario e alcuni suoi familiari, tutti di origine campana.

L'insegnante la rivide un pomeriggio, subito dopo un tragico episodio, vittima un educatore del carcere di Opera[45] fatto che l'aveva sconvolta.

---

[43] 1990.

[44] Comune dell'hinterland milanese.

[45] 11 aprile 1990 Omicidio di Umberto Mormile educatore presso il carcere di Opera.

Venne tranquillizzata e calmata e nel salutarla, l'uomo le disse «noi siamo come farfalle, abbiamo vita breve ma intensa».

La donna ringraziò per la cortesia e per l'attenzione dimostrata dalla recita della licenza poetica.

Si lasciarono con un abbraccio che poteva significare tante cose, anche l'inizio di una tenerezza o di una relazione ma l'uomo svanì, chiudendo tutti i suoi contatti.

Nei primi giorni dell'autunno, in un bar di via Bellotti, nelle vicinanze di un autosalone, un signore sulla sessantina, venne "agganciato" dal "procacciatore" con qualche frase fatta e l'offerta di un caffè e nei giorni seguenti, anche con qualche aperitivo.
La frequentazione, portò l'uomo a lasciarsi andare in confidenze più personali, asserendo che era originario del tarantino e un buon amico dei Modeo, «gente che sparava» li apostrofò, precisando che quando a loro serviva qualcosa a Milano, lui gliela forniva. Non entrò nei particolari ovviamente ma il succo dei discorsi era quello.

La comunicazione frammezzata e sintetica, la solita voce roca, afona che congedò il suo interlocutore, come sempre, ascoltando e senza aggiungere nulla o quasi, limitandosi a un si o a un no oppure un va bene.

Qualche giorno dopo, il tarantino sessantenne passeggiava come abitualmente faceva, in un parco vicino casa.
Raggiunse una zona cespugliosa e isolata, si sbottonò la patta e urinò. Quando ebbe finito, si abbassò per riallacciar-

si il laccio di una scarpa, quella sinistra e alzando lo sguardo, incontrò la bocca di una 92S che gli vomitò in faccia il fuoco calibro 9, spegnendolo.

Il sicario, come in uno stato di ipnosi, non udì più l'assordante suono della scarica ma ne avvertì l'odore, acre, gettò la pistola nell'erba e si allontanò a passo veloce ma sicuro, liberandosi nel tragitto, di un paio di occhiali con lenti neutre e dei nuovi guanti in pelle.
Raggiunse uno spiazzo, salì sull'auto e dopo circa un chilometro, l'abbandonò. Percorse un breve tratto di strada a piedi, attraversò l'arteria opposta e ne prese un'altra, parcheggiandola a circa duecento metri dalla casa ove si recò, entrando con le chiavi.

In bagno, si tolse tutti i vestiti, la maglietta intima, le mutande, i calzini, le scarpe calzate per la prima e unica volta, gettò tutto nella vasca da bagno e vi diede fuoco.

Il killer, non sai mai che faccia ha ma è certo, è uno di noi, che vive in mezzo a noi.

ACTION

Il boss catanese Jimmy Miano, nel giro di qualche mese, aveva subito pesanti perdite economiche con la chiusura di diverse bische.
In quelle a "cielo aperto" continui erano stati gli interventi delle forze dell'ordine e ormai non riusciva più ad arginare le perdite.

Da settimane chiedeva un summit ad altri boss del milanese e della Lombardia e finalmente, un venerdì di quella fine primavera,[46] coloro che vi avevano aderito, si ritrovarono a pranzo in una trattoria di San Bovio, alle porte di Linate.

In quella occasione, venne sancita una sorta di "federazione" o "consorzio" tra clan, con mutuo soccorso in caso di bisogno ma soprattutto, che i quantitativi di stupefacente occorrenti al fabbisogno di ogni clan, dovevano essere richiesti a Franco Coco Trovato, socio alla pari di Pepè Flachi.

Loro, avrebbero provveduto agli ordinativi e alla spartizione, sia di eroina che di cocaina, forti di una consorteria collegata ai territori di origine e ad altri clan che a quelle famiglie si richiamavano. Ovviamente gli stessi, imponevano anche il prezzo che sicuramente, era maggiorato rispetto a quello pagato al fornitore, lucrando sugli altri gruppi criminosi dello stesso cartello. I canali alternativi potevano essere attivati ma dovevano fare capo sempre a loro.

---

[46]   Anno 1990.

Jimmy Miano, che mal digeriva i soprusi, pur disponendo di una notevole batteria, accettando le condizioni e l'alleanza, impose che il terminal della droga, arrivi e consegne, venisse fissato all'autoparco di via Salomone, da lui controllato.

In questa ottica, si poneva praticamente alla pari di Coco che sino a quel momento, seppur considerato un "pazzoide" non aveva trovato nessuno che aveva osato mettere in discussione il suo ruolo decisionale nel nord Italia.

Nonostante l'accordo, gli altri clan, più o meno segretamente, anche per sottrarsi al giogo del prezzo imposto, cercavano di rifornirsi da canali propri per pagare un prezzo più basso e conquistare le piazze ma spesso le trattative, si rivelavano infruttuose o portavano al ritiro di partite andate a male, con conseguente perdita del denaro investito.

Il clima non era idilliaco e il malumore serpeggiava tra trafficanti e malavitosi specie quelli che, pur essendo organici di un clan, pensavano di poter gestire diversamente il traffico con introiti a loro più remunerativi. I dissidi crescevano poiché ognuno faceva cassa a sé, sulla base di quanto investiva in proprio.

L'allarme crescente tra i sodali, era dettato anche dalla consapevolezza che alcuni "corrieri" dopo aver fatto la consegna del carico all'autoparco, erano svaniti nel nulla, sotterrati in qualche parco o tritolati nelle presse degli sfasciacarrozze.

Una strategia scaturita dalla ferocia e dallo squilibrio di Coco e messa in atto dal suo braccio destro Tonino Napoli[47]

---

[47] Schettino Antonio accusato di 59 omicidi.

con l'avvallo di Jimmy Miano che seppur ritenuto un "ragionatore" non si oppose.

Una scelta la sua che mirava al profitto ma resa necessaria anche per affermare il proprio ruolo di boss, cosciente che i "catanesi" erano chiacchierati per i loro comportamenti un pò troppo spavaldi e, a seguito delle notizie sull'autoparco, ritenuti quasi inaffidabili agli occhi di altri malavitosi, compresi alcuni della sua stessa consorteria. Temendo una frattura interna, Miano si vide costretto a eliminare anche qualche suo sodale, in odore di defezione o peggio di delazioni.

Ma anche tra gli altri malavitosi serpeggiava il timore di divenire oggetto di "attenzione" sentendosi in pericolo a loro volta e pur trattando "affari" con Coco e Miano, evitavano di recarsi, per qualsiasi ragione, all'autoparco.

Agli inizi di settembre[48] Tox, "casualmente" riprese a farsi vedere in un bar di via Amadeo ove solitamente Marco Caelio pranzava.

L'ex poliziotto lo informò sul clima che si era creato in città, di quello che bolliva in pentola e di alcuni contrasti all'interno delle cosche che avevano portato, alla fine del giugno precedente, al tentativo di uccidere Salvatore Batti mentre si trovava a Terzigno.[49]

Manifestò il timore che anche lui potesse entrare nel mirino, per via dei suoi trascorsi nel tarantino, avendo appreso che il

---

[48]   Anno 1990.
[49]   30 giugno 1990.

boss tranese Salvatore Annacondia detto "manomozza"[50] veniva spesso nel milanese per stringere accordi con alcune cosche locali e temendolo, poiché alleato dei "messicani"[51] di Riccardo Modeo.

Marco Caelio, non diede molta importanza al narrato, almeno questa era l'impressione che volle dare, ma non mancò di offrire all'amico la sua vicinanza, dichiarandosi disponibile ad appoggiarlo nel caso avesse voluto procedere alla sua eliminazione.
L'ex poliziotto rispose che avrebbe fatto sapere.

In quei giorni, Marco Caelio, tramite un suo fornitore, aveva appreso che una considerevole partita di armi stava per giungere a Milano, su ordinativo di diverse famiglie malavitose che si sarebbero spartite il carico.
Pur non avendo contezza o informazioni certe, il trasportatore fece riferimento ai clan Papalia,[52] Di Giovine[53] e Pellegrino[54] "famiglie" che precedentemente, si erano rivolte a colui che stava organizzando il carico e quindi, secondo il suo ragionamento, non si poteva escludere che anche questa volta fossero tra i destinatari.

---

[50] Boss tranese poi divenuto collaboratore di giustizia.
[51] Clan Modeo di Taranto.
[52] Clan calabrese gravitante nell'area Buccinasco – Corsico originari di Platì capeggiato da Domenico e Antonio alleati di Coco e Flachi e legati alle famiglie calabre dei Barbaro, Sergi e Trimboli.
[53] Clan di origine calabrese (Reggio Calabria) con a capo la madre Maria Serraino e il figlio Emilio gravitante nell'area di Piazza Prealpi legati alla famiglia Morabito e al clan camorrista Gallo.
[54] Clan di origine pugliese originari di Canosa di Puglia capeggiato da Nicola e Riccardo alleati di Coco e Flachi.

Per verificare la bontà della notizia, telefonò a Tox e senza entrare nei particolari, ebbe conferma che vi era la possibilità di rifornirsi di armi da diversi clan, in primis dai Di Giovine.

Con l'intento di "recuperare" quel carico, mise in campo tutti i suoi uomini.

Al gruppo "Jack" venne chiesto di attivarsi per localizzare i malavitosi organici alla famiglia Di Giovine e di montare microspie e localizzatori sulle loro auto.

Lo stesso fecero gli altri gruppi, che presero a frequentare Corsico e Buccinasco per "agganciare" i calabresi di Papalia e analogamente, nelle zone di riferimento, i pugliesi dei Pellegrino con controllo esteso anche al clan Modesto.

Nel contempo, il clan napoletano dei Batti, nonostante l'intesa raggiunta con Coco e a cui avevano aderito già da prima della "tavolata summit" organizzata da Jimmy Miano, avendo privilegiati rapporti con i trafficanti turchi, continuarono segretamente a rifornirsi da questi, richiedendo ai calabresi quantitativi simbolici non corrispondenti a quanto realmente smerciavano.

Il giro d'affari non sfuggì a Pepè Flachi poiché i napoletani, vendevano la loro "merce" nei territori della "Bovisa" attigui a quelli da lui controllati, ovvero "Comasina" e "Bruzzano".

Flachi informò il "socio" in affari Coco e ne parlò con il cognato, Luigi Batti detto "Ciro" che, mentendo, escluse questa eventualità.

Il discorso, venne ripreso nel corso di un ricevimento tenutasi al "Griso"[55] e complice qualche abbondante bevuta,
sfociò in un acceso diverbio tra Coco e Salvatore Batti con
reciproche accuse tra i due.
Il contrasto, evidente, determinò la rottura dei rapporti.

Conoscendo le attitudini del Coco e temendolo, i napoletani, che già avevano subito un attentato [56] attribuito proprio
al Coco, corsero ai ripari decidendo di anticipare le mosse
del loro "nemico".

Il sabato del 15 settembre[57] verso le tre del pomeriggio, in
via Roma a Bresso, localizzarono Franco Coco appena
uscito dal barbiere, mentre saliva su una Porsche nera con
alla guida un' altra persona. I killer, a bordo di una Lancia
Thema, pistole in pugno, aprirono il fuoco. La Porsche, partì, inseguita dalla Lancia Thema i cui occupanti continuarono a sparare all' impazzata nel tentativo di fermarla.
Vi riuscirono ma i due, abbandonata l'auto, scesero rispondendo al fuoco fuggendo nell'androne di un palazzo, sca-
valcarono la retrostante rete di recinzione e si dileguarono.
Nello scontro armato, due innocenti vennero colpiti mor-
talmente dai proiettili vaganti sparati in quantità.
L'episodio, segnò l'inizio della guerra di mafia al nord.

Il 17 settembre, due giorni dopo, Tox, poco prima di mezzogiorno, seduto a un tavolo del suo bar a Bresso, stava

---

[55] Ristorante di Malgrate (Lecco).
[56] 30 giugno 1990 a Terzigno (NA) Tentato omicidio di Salvatore
Batti.
[57] Bresso 15 settembre 1990. Agguato a Franco Coco organizzato dalla famiglia Batti.

amabilmente tranguigiando il suo cocktail analcolico e assaporando delle gustose ostriche.

Venne raggiunto da un uomo che si presentò per un emissario di Franco Coco e invitato a seguirlo.

Continuò a bere il suo aperitivo e rispose che non era interessato. Aveva saputo ovviamente cosa era accaduto ma lui, non voleva entrarci in quella guerra.

Appena lo sconosciuto emissario uscì dal bar, rifletté, poi corse in cantina e si armò.

La negazione all'incontro aveva pensato, poteva essere interpretata come vicinanza all'altro clan e quindi, sancire azioni nei suoi confronti.

Nel giro di un'ora, l'emissario ricomparve, accompagnato da un altro soggetto con occhiali e che parlava con accento napoletano, presentatosi per "Tonino ".[58]

Questi, con tono fermo, riferì che Coco avrebbe avuto piacere di fare la sua conoscenza e di parlargli.

Nel salire in auto con loro, notò che i due erano entrambi armati e preferì prendere posto sul sedile posteriore, per ulteriore precauzione.

Nel tragitto, il napoletano, seduto a fianco del guidatore, riferì che Coco era agitatissimo per quello che era accaduto e che avrebbe ucciso tutti quelli che si erano prestati.

Lo condussero a Cermenate, ove entrarono in un bar nei pressi di una chiesa, percorsero il retro per poi ritrovarsi in una ampia sala, ove vi era solo un grande tavolo rotondo in legno e numerose sedie.

---

[58] Antonio Schettini accusato di 59 omicidi braccio destro di Franco Coco Trovato.

Appena entrato trasalì.
A quel tavolo, oltre a Coco e Flachi, erano seduti tutti i rappresentanti dei clan più rappresentativi del nord Italia e alcuni esponenti, giunti direttamente da Reggio Calabria.[59]
Praticamente il gotha del crimine organizzato. Non vi furono presentazioni.

Coco, urlando e sbraitando, chiese a Tox di mettersi a disposizione e di fargli sapere se a Bresso o nelle vicinanze, comparivano auto con targhe di Foggia, perché i suoi aggressori, erano stati individuati tra i sodali della batteria garganica dei Batti.

Tox diede il proprio assenso e da quel momento, venne ritenuto organico ai clan in guerra contro i Batti. Lui aveva altri progetti ma non avrebbe potuto fare diversamente.

La reazione dei calabri fu immediata con l'uccisione, tre giorni dopo i fatti di Bresso, di Luigi Batti detto "Ciro" attirato in trappola dal cognato Flachi, con la scusante di un incontro per mediare la situazione.[60] A sparare fu direttamente Franco Coco.

I Batti risposero con il tentativo, fallito, di sequestrare davanti alla sua palestra, Emanuele Flachi, fratello di Pepè.[61]
L'ulteriore risposta all'indomani, con l'uccisione di Francesco "Ciccio" Batti. [62]

---

[59] Clan Coco, Flachi, Papalia, Sergi, Morabito, Paviglianiti, Pace, De Stefano, Tegano, Libri ed altri.
[60] Milano 18 settembre 1990.
[61] Novate Milanese 15 ottobre 1990.
[62] Milano 16 ottobre 1990.

Subito dopo fu la volta del camorrista pugliese Pantaleo Lamantea,[63] originario di Trinitapoli, facente parte del "commando" di cinque uomini, travestiti da carabinieri, che avevano tentato di sequestrare Emanuele Flachi.

La risposta dei Batti si concretizzò con l'uccisione di Rocco Bergantino,[64] un affiliato alla cosca di Pepè Flachi che per reazione, eliminarono Iseo Massari[65] un giovane di buona famiglia, "imbrattato" con i camorristi napoletani e che girava con una pistola finta alla cintola per darsi un tono.

I clan erano scatenati e ogni giorno, si contavano morti ammazzati nelle strade della città e dell'hinterland.[66]

Alla fine di ottobre[67] Tox rivide Marco Caelio e parlò vagamente delle sue attività limitandosi a illustrargli un progetto, per incassare parecchio denaro ma tacendogli che nel contempo, si era alleato, suo malgrado, con Franco Coco.

Due giorni dopo, insieme a lui sin dal mattino, si appostò nelle vicinanze di uno stabile in zona Niguarda.

Dovevano "agganciare" un imprenditore, originario della bergamasca che aveva fatto "scoppiare"[68] la sua società, dopo aver introitato una cifra di oltre due miliardi di lire[69]

---

[63]   Milano 20 ottobre 1990.
[64]   Milano 25 ottobre 1990.
[65]   30 ottobre 1990 Milano.
[66]   In tre mesi furono uccise 25 persone. Nei primi dodici mesi le vittime saranno 110 una ogni tre giorni.
[67]   1990.
[68]   Fallire.
[69]   Attuale conio oltre 1 milione di euro.

truffando una grande casa di abbigliamento con stabilimenti in mezza Italia.

La truffa era consistita nel richiedere merce via via sempre più cospicua e regolarmente pagata a trenta giorni, acquisendo la fiducia del fornitore, per poi inviare un ordinativo molto consistente e far fallire la società che lo aveva richiesto, non pagando la merce ricevuta e rivendendo il tutto a medio/basso costo a una nota catena di negozi, introitando altro denaro.

Tox, avendo avuto notizia della truffa proprio dal titolare della catena di negozi[70] intendeva fargli "recuperare" una parte della somma versata per gli acquisti, con l'aggiunta di quello che avrebbe introitato a suo titolo.

Verso le dieci l'uomo uscì dallo stabile, si recò in una vicina edicola, comprò il giornale poi si diresse verso un parcheggio.
Aperta l'auto, mentre stava salendo, venne avvicinato e con una pistola puntata in pancia, invitato a non fiatare e fatto salire sull'auto condotta da Marco Caelio, prendendo posto sul sedile posteriore insieme a Tox.
Senza profferire alcuna parola, venne condotto in uno scantinato di viale Zara. Qui, senza mezzi termini, dopo avergli comunicato che erano perfettamente a conoscenza della truffa, gli venne chiesto di consegnare 1 miliardo di lire.[71]
L'uomo trasalì, deglutì più volte poi rispose: «portatemi in banca».

---

[70] Uba Uba catena di negozi di Ubaldo Nigro deceduto il 18 aprile 1995.
[71] Attuale conio circa 500 mila euro.

Uscì dalla filiale di piazzale Lagosta con sette grandi buste marrone, di quelle utilizzate per spedire i documenti. Ognuna di esse conteneva 100 milioni di lire.[72]

Salì in auto e consegnò tutte le buste.

«sono riuscito a farmi dare settecento milioni[73] di più non me ne davano».

Si accontentarono e lo lasciarono andare.

Mentre veniva accompagnato a Bresso, Tox consegnò all'amico due di quelle buste. Giunto al garage, le lanciò nel cassetto della scrivania senza neanche aprirle.

A metà della settimana successiva, si ritrovarono per fare lo stesso "giochetto" con un imprenditore bresciano detto "Willy" che a sua volta, truffando un'altra nota marca di abbigliamento, merce poi girata alla medesima rete di negozi di cui alla vicenda precedente, si era messo in tasca una miliardata,[74] cifra più, cifra meno.

Lo attesero all'esterno di un istituto bancario di via Lomellina e Tox, dopo averlo avvicinato, gli puntò l'arma allo stomaco, celata sotto un giornale, invitandolo a salire sull'auto che nel contempo era giunta nei pressi, condotta da Marco Caelio.

Lo fece ma subito dopo, il mezzo venne bloccato da un' altra auto con a bordo quattro persone seguita da un'altra con altrettante tre.

Con tono perentorio, pur senza estrarre alcuna arma, invitarono Tox e Willy a scendere e salire su una delle loro auto, mentre due di loro, estraendo le pistole, salirono sull'auto,

---

[72] Attuale conio circa 50 mila euro.
[73] Attuale conio circa 350 mila euro.
[74] Attuale conio circa 500 mila euro.

disarmarono Marco Caelio e gli dissero di seguire l'auto che li precedeva.
Giunti a Lambrate, in piazzale Udine, entrarono direttamente con le tre auto in un cortile interno di un vasto condominio e condotti in un magazzino, ove ad attenderli trovarono altri uomini.

Tox e Marco Caelio vennero fatti appoggiare con la schiena al muro, con le pistole puntate alla bocca da due loro uomini, ritenuti i killer del clan.

Tox, tra alcuni di quegli uomini riconobbe più di uno con cui in passato aveva "lavorato" tutti appartenenti al clan napoletano dei fratelli Guida,[75] con cui chiese di parlare.
Giunsero poco dopo e lo fecero accomodare su una sedia mentre Marco Caelio, rimase sotto tiro.

«Che sta succedendo» chiese Enzo Guida, «che ti sei messo a fare, proprio tu che sei stato con noi, Willy è un nostro protetto e socio in alcune questioni, avevamo avuto notizia che qualcuno voleva fregarlo ma non pensavamo che saresti stato proprio tu».

Tox deglutì poi guardando l'altro fratello, Nunzio Guida, con tono pacato, quasi sicuro, rispose «se avessi saputo che c'eravate voi dietro non mi sarei permesso, ho avuto l'incarico di recuperare i soldi della truffa che il vostro Willy ha fatto, si è messo in tasca più di un miliardo tra mancati pagamenti e rivendita della merce ed era mia intenzione chie-

---

[75] Clan camorristico capeggiato da Nunzio e Vincenzo Guida dichiaratasi neutrali nella guerra di mafia al nord.

dergli settecento milioni di lire[76] quindi avrebbe guadagnato lui, il mio cliente avrebbe recuperato una parte del maltolto e avrei guadagnato pure io. Tutto qui.»

Un napoletano, suo conoscente e con cui in passato aveva condiviso alcune vicissitudini legate alla fornitura di documenti falsi e cambio assegni, con tono molto più bonario gli chiese chi fosse la persona che stava con lui e Tox rispose «lasciate perdere, lui è con me, mi stava dando una mano, non c'entra in questi meccanismi, se troviamo un accordo potrebbe andare bene per tutti».
«Quale accordo» fece Enzo Guida.
«Willy tira fuori comunque settecento milioni, quattrocento li prendo io e trecento li lascio a voi per il disturbo arrecato»
Enzo guardò il fratello Nunzio che acconsentì con il solo cenno del capo per poi rispondere «si può fare».

Marco Caelio venne fatto accomodare a sua volta e vennero restituite le pistole mentre Willy, accompagnato da due napoletani, usciva per recarsi in banca e ritirare la somma occorrente ad appianare la vicenda.
I due fratelli ed altri sodali del clan, in forma più amichevole presero a conversare con Tox delle varie situazioni che si stavano creando in città.
I Guida confermarono che loro si erano dichiarati neutrali e chiesero a Tox se era vero che si era alleato con Coco.
Lui confermò, incrociando una occhiata interrogativa dell'amico che non proferì parola.

Tornato con il denaro, Enzo Guida trattenne per il clan quattrocento milioni, consegnando i restanti trecento a Tox,

---

[76]   Attuale conio circa 350 mila euro.

aggiungendo «credo che ti sta bene» ottenendo una risposta affermativa.

Uscirono con le loro gambe a bordo della loro auto. Avevano portato a casa la pelle e preso trecento milioni. Tutto sommato era andata veramente bene.

Fu Marco Caelio a rompere il silenzio.
«e così ti sei alleato con quel pazzo di Coco»
«sì» rispose l'amico «non potevo fare altrimenti. Mi hanno prelevato e chiesto di collaborare con loro, se mi rifiutavo pensi che stavo qua, sicuramente mi eliminavano, magari pensando che stavo dall'altra parte»
«e come mai i Guida si sono tirati fuori secondo te»
«loro sono un clan, io no, non dispongo della loro potenza e comunque neutrale per modo di dire, nel momento che avranno bisogno batteranno cassa anche da loro per avere gli appoggi, stanne certo e da buoni napoletani, li accontenteranno, sentono dove tira l'aria ed evitano di farsi male, sono dei furboni, collegati ai siciliani ed altri potenti clan camorristici, sono sornioni e sanno stare al mondo, hai visto come hanno mediato la situazione che si è creata, senza colpo ferire»
«magari» fece Marco Caelio, provocandolo un po' «ha giocato il fatto che ti sei alleato e hanno voluto lasciar perdere, mica si saranno bevuti la storiella del cliente che vuole recuperare, lo avranno capito che eri tu che volevi monetizzare»

«certo che lo hanno capito, ho imparato anche da loro i trucchetti, che pensi che fanno questi e difatti, non mi hanno accontentato ma hanno fatto loro la divisione, è un messaggio per farmi intendere che non se la bevevano, l'importante che siamo vivi e vegeti»

Tox, nei suoi ragionamenti, non aveva tutti i torti e Marco Caelio gli offrì il proprio appoggio.

«Volendo noi, insieme, possiamo batterli tutti, non ci fanno paura, li ammazziamo uno dietro l'altro»

L'amico lo fissò poi rispose: «vuoi metterti a fare la guerra e far scoppiare il finimondo, lo sai quanti sono, lo so, così a pelle, che hai le palle e i mezzi per farlo, ma se tocchiamo uno li tocchiamo tutti, non è questo il momento, lascia stare, vedremo più avanti»

«organizza un incontro con Coco, il suo scagnozzo napoletano e qualche altro boss al Wall Street[77] e in un colpo solo li prendiamo tutti, non aspettare che siano loro a fare la prima mossa, non sono affidabili, ricordati che per loro sbirro eri e sbirro rimani»

«Lo so» fece l'amico «ma Jimmy Miano mi ha affidato il controllo di una sua bisca in un appartamento, sono entrato un po' nelle sue grazie e questo mi fa stare più tranquillo, è meno fuso e isterico di Coco e si può ragionare, sta cercando di "arruolare" nel suo clan personaggi anche non catanesi o siciliani, vuole allargare le fila e rendersi più potente agli occhi di Coco e di tutti gli altri boss, ultimamente i suoi gliene stanno combinando un po' di tutti i colori, la storia della bisca di corso Plebisciti non gli è andata giù, si sospettano tra di loro [78] si fregano pure e quella maniera di com-

---

[77] Nota pizzeria di Lecco covo del 'ndranghetista Franco Coco Trovato dalla cui denominazione prese il nome una importante operazione di Polizia contro il suo stesso clan e altri al medesimo collegati.

[78] Riferimento ad Angelo Maccarone che poi verrà ucciso.

portarsi in giro, vestiti con scarpe, camicie e giacche impresentabili, pare vogliano dire "siamo mafiosi" ma tolti quei quattro o cinque, si salvano poco e si rendono pure ridicoli. Li devi vedere alla bisca, parlano, bevono, dicono tutto e io a cercare di limitarli, specie con i giocatori più assidui o noti entrano subito in confidenza e non si fanno conto dei danni alla loro "cassa". Miano l'ha capito e sta cercando di correre ai ripari»

Si lasciarono con un abbraccio e Tox scese dall'auto, dopo aver lasciato nel cassetto porta documenti cento milioni di lire.[79]
Marco Caelio, si rese conto di aver pronunciato quelle frasi d'istinto, ma poco dopo, anche a seguito di alcune telefonate, decise che la cosa migliore era "stare alla finestra".

Nel contempo, aveva acquisito notizie per tentare di recuperare il carico di armi che, stante al suo informatore, era già giunto a Milano e consegnato a Roserio, ad una donna anziana.[80]
Aveva intuito chi poteva essere e la posero sotto sorveglianza, scoprendo che aveva in uso un box, a circa 500 metri di distanza dalla casa nelle vicinanze dell'ospedale Sacco.

Tre giorni dopo, verso le tre del mattino, un nutrito gruppo di persone giunse con alcune auto e un furgone con nel cassone, un carrello e diversi sacchi.
Aprirono il cancello del condominio con un telecomando, scesero la rampa e senza troppo rumore, forzarono la serratura della cler del box.

---

[79] Attuale conio circa 50 mila euro.
[80] Maria Serraino madre dei Di Giovine e vero capo della cosca omonima.

Vi erano alcune casse e un paio di grossi borsoni, con all'interno, diversi mitra, M12, Uzi, Spectre e pistole in quantità, tutte automatiche. E diverse centinaia di scatole di proiettili calibro 9.

Ma la sorpresa vera era la montagna di "cioccolato "alta più un metro, al centro della rimessa. Era hascisc di ottima qualità. Caricarono tutto nei sacchi, presero i borsoni e le casse e azzerarono la "montagna" portando via tutto.
Al conteggio, una cinquantina di mitra, centocinquanta pistole e quasi una tonnellata di stupefacente.

Due giorni dopo, "casualmente" a seguito di un controllo, nel parcheggio di un supermercato in piazzale Ovidio, la Polizia rinvenne il furgone risultato rubato e sequestrò il mezzo e tutto il suo contenuto.

Marco Caelio lesse la notizia il mattino dopo sulla cronaca cittadina. Rise. Stava già pensando a un'altra azione.
In quei giorni, un cliente del garage molto danaroso, gli aveva fatto delle confidenze circa il recupero di alcuni dipinti che a suo dire, un gallerista di Milano deteneva in un nascondiglio e che rivendeva dopo un apprezzabile lasso di tempo.
Il gallerista ottuagenario, venne descritto per un personaggio senza scrupoli, sulla piazza da oltre cinquant'anni.

Oltre a ricettare quadri rubati, offriva prestiti di denaro a tassi usurai e il più delle volte, diverse opere le aveva recuperate proprio da chi gliele aveva comprate, a fronte di pagamenti degli interessi o scontando il valore dimezzato dell'opera dal prestito.

Marco Caelio si era ingolosito e prese ad osservare i movimenti del gallerista, pedinandolo e seguendolo negli spostamenti, mattina e pomeriggio.

Una delle tappe più frequenti era uno stabile di pregio, molto discreto e senza portineria, in via Aselli nella zona Città Studi.
Lo aveva notato portare con sé delle tele, poi riuscirne senza o viceversa, entrare con nulla e riuscirne con dei quadri o delle cornici.

Erano bastati pochi giorni per delineare i movimenti e seguirne le mosse anche anticipandole.
Una decina di giorni dopo, si appostò direttamente nelle scale del palazzo, nella rampa tra il piano rialzato e il primo piano e attese l'arrivo del personaggio di suo interesse.
Vi giunse intorno alle ore 15,30 e si diresse nell'immediato sottoscala, scendendo alcuni gradini e lasciando la porta di accesso socchiusa.

Marco Caelio, furtivamente, indossando guanti e occhiali neutri, scese e scostando leggermente la porta, riuscì a vedere la cantina ove l'uomo era indaffarato, dopodiché riguadagnò le scale attendendo l'uscita del gallerista che dopo una ventina di minuti, lasciò lo stabile con il portone che sbatté forte. Stava scendendo quando udì l'ascensore muoversi e per evitare di incrociare i condomini, si arretrò, attendendo che arrivasse al piano rialzato.

Ne uscì una donna, di notevole stazza con in mano degli oggetti che a sua volta, si recò nelle cantine ove si trattenne alcuni minuti, per poi riprendere l'ascensore e risalire.

Sceso nell'androne, si avvicinò alla porta di ingresso alle cantine notando che era socchiusa, la spinse, entrò nel corridoio e vide che una porta delle cantine era spalancata e mentalmente la collegò alla signora che probabilmente era risalita per ridiscendere subito. Attaccato al chiavistello, vi era il lucchetto con inserita la chiave dal cui cerchietto ne pendevano altre tre. Istintivamente le prese e guadagnò l'uscita.

Più tardi, ritornò nello stabile e provò le chiavi. Una era relativa al portone d'ingresso, l'altra alla porta di accesso alle cantine, la terza della buca della posta e l'ultima, era quella del lucchetto della signora, nelle cui cantine aveva localizzato indaffarato il gallerista e qualche minuto dopo, era già in strada, soddisfatto della piega che gli avvenimenti avevano preso.

Nella tarda serata del sabato successivo, era ancora in via Asclli. Aveva indossato un giubbotto scuro con cappuccio per coprirsi il capo, guanti, occhiali e si era procurato delle capaci sacche di tela, un piede di porco di media grandezza e un nuovo lucchetto.

Parcheggiò poco distante nella rientranza ove vi erano dei baracchini di frutta e alimentari, già chiusi, ed entrò nello stabile.

Rinchiuse dolcemente il portone e poi anche la porta di accesso alle cantine, infilò il piede di porco nell'anello del lucchetto e spinse con forza. Dopo alcuni tentativi cedette cadendo in terra. Aprì il chiavistello spingendolo all'indietro ed entrò nella cantina.

Vi era un mobile di colore rosso, con due ante, una superiore e l'altra inferiore, divisi da due capaci cassettoni nel mezzo. Appoggiate alle pareti svariati dipinti con cornici mentre in un paio di vasi, vi erano diverse tele. Altre ve ne erano nell'anta superiore.

Nei cassettoni rinvenne mazzette di denaro in contanti e nell'anta inferiore, cinquanta lingotti d'oro del peso di 1 chilogrammo ciascuno.

Ci vollero diversi andirivieni per trasportare il tutto nell'auto e nel giro di un'oretta, aveva svuotato la cantina di tutto il suo contenuto.

Rinchiuse il chiavistello e applicò il nuovo lucchetto e nell'uscire definitivamente dallo stabile, lasciò le chiavi sulla cassettiera della posta.

Scaricò tutti i dipinti nel box mentre i denari e l'oro li portò in casa. Al conteggio, i soldi ammontarono a 1 miliardo e 300 milioni di lire.[81]

La somma quasi dimezzata, insieme all'oro recuperato, venne depositato in diverse cassette di sicurezza presso la stazione centrale. Qualche ora dopo, un terzetto composto da una donna e due uomini, aprì alcune cassette della serie "E" e prelevò tutto il contenuto, trasportandolo con dei carrelli domestici, quelli solitamente utilizzati per fare la spesa.

Al suo cliente confidente non riferì mai nulla e d'altro canto, lui stesso, non aveva più chiesto notizie in merito.

---

[81] Attuale conio circa 650 mila euro.

La Milano a mano armata continuava a fare vittime tra i clan, in particolare dei Batti, decimanti dalla guerra con Coco e company.

Sotto i colpi dei killer, in rapida successione, erano già stati ammazzati Pantaleo Lamantea[82] Rocco Bergantino[83] Iseo Massari[84] Paolo Cirnigliaro[85] Vincenzo Piromalli[86] il catanese Angelo Maccarone[87] la cui uccisione venne sancita all'interno del suo stesso clan, Roberto Cutolo[88] ucciso con uno scambio di favori tra i clan federati in "consorzio" con Coco e quelli partenopei, nemici di Raffaele Cutolo, che provvidero alla successiva eliminazione, in terra campana, di Salvatore Batti.[89] Due mesi dopo, gli alleati di "Coco" uccisero anche Rosalinda Traditi,[90] ex moglie di Luigi Batti detto "Ciro.

Ai primi del mese di marzo, il gallerista, sofferente da tempo, morì per una crisi cardiaca.[91]

Qualche giorno dopo, numerosi dipinti vennero ritrovati in un seminterrato di uno stabile in corso di ristrutturazione.

La cronaca, ne diede notizia comunicando che erano state recuperate svariate opere di ingente valore, la cui prove-

---

[82]   20 ottobre 1990 Milano.
[83]   25 ottobre 1990 Milano.
[84]   30 ottobre 1990 Milano.
[85]   10 novembre 1990 Milano.
[86]   4 dicembre 1990 Milano.
[87]   18 dicembre 1990 Cormano.
[88]   19 dicembre 1990 Abbiate Guazzone.
[89]   23 dicembre 1990 S. Giorgio Vesuviano.
[90]   28 febbraio 1991 Milano.
[91]   Anno 1991.

nienza era stata dichiarata illecita, con apertura di un procedimento contro ignoti.

Verso la metà dello stesso mese, Tox ricomparve dopo un periodo in cui non si era fatto vedere né sentire.

Era agitato, poiché aveva avuto notizia da un boss di una famiglia calabrese gravitante nel nord del milanese, di un intervenuto accordo tra Coco e il boss tranese Salvatore Annacondia.[92]

Il progetto verteva sull'eliminazione di Pasquale Piacentino, che aveva attentato alla vita di Coco nell'agguato di Bresso, già localizzato in Puglia e in cambio, Coco avrebbe eliminato Salvatore De Vitis, rifugiato a Milano, nemico del clan Modeo alleato del boss tranese.

A San Giovanni Rotondo il boss pugliese, aveva già eseguito l'omicidio uccidendo Piacentino ed altre due persone, ora richiedeva il cambio del favore.

In quella ottica, si sentiva in estremo pericolo poiché proprio lui stava fornendo aiuto ed assistenza all'amico De Vitis, alloggiato a Monza in un appartamento che gli aveva messo a disposizione nella zona di San Fruttuoso.

Marco Caelio insieme a Tox, pensò a una soluzione per sottrarre De Vitis ai killer e qualche giorno dopo, venne arrestato da poliziotti giunti da Taranto, saliti appositamente per catturarlo. Ma una quarantina di giorni dopo venne rilasciato e

---

[92] Salvatore Annacondia boss tranese detto "manomozza e stumpielle".

rientrò a Monza, tornando a vivere nel medesimo appartamento. Pochi giorni dopo, era un martedì, venne ucciso a
Cusano Milanino.[93]

Era uscito a metà mattinata, dicendo alla moglie che aveva
un appuntamento con "Tonino il napoletano"[94] e che sarebbe rientrato per l'ora di pranzo.

Giunto a Cusano Milanino, ad un incrocio era stato bloccato da un'auto condotta proprio da "Tonino" e subito affian-
cato da una Lancia Delta con a bordo i killer che avevano
aperto il fuoco.

Colpito, era riuscito a uscire dalla portiera opposta ma ferito e sanguinante, era stato raggiunto in strada e finito.

Giovedì, due giorni dopo l'omicidio, Tox telefonò a Marco
Caelio, pregandolo di raggiungerlo in un maneggio di Colo-
gno Monzese ove si era rifugiato, protetto da un paio di uomini della sua batteria.
Giunto, lo trovò agitatissimo, stravolto, sgualcito e dovette
metterlo a sedere quasi con forza per quanto si muoveva, mentre gesticolava urlando frasi apparentemente senza senso.
In quel mentre, giunse una donna che urlando e piangendo si
scagliò contro Tox chiedendogli con insistenza «chi è Tonino
il napoletano, quello con gli occhiali, chi è sto bastardo».

Lui tentando di calmarla l'abbracciò piangendo a sua volta,
poi la fece allontanare. Era la moglie dell'ucciso.

---

[93] 7 maggio 1991.
[94] Schettini Antonio detto "Tonino il napoletano" e "Tonino Napoli".

Finalmente in sé, con le facoltà mnemoniche ristabilite, tranguciando un aperitivo analcolico alla frutta, prese a raccontare i particolari e le dinamiche dell'uccisione di Salvatore De Vitis, che considerava un amico fraterno.

«rientrato, ci siamo incontrati un paio di volte al bar di Bresso e di Cusano Milanino, ove spesso vi erano i tre fratelli miei "soci"[95] e Tonino[96] Salvatore, non perdeva occasione per insultarli e minacciarli poiché li riteneva responsabili del suo arresto. Io gli ripetevo di cambiare atteggiamento ma lui, per tutta risposta, mi propose di uccidere subito i tre fratelli e Tonino ma non aderii, dissuadendolo. A seguito di tali accuse, peraltro non vere come sappiamo, venni convocato da Franco Coco che mi diede l'ordine di uccidere subito De Vitis, ma io mi rifiutai, aggiungendo che non avrei partecipato ad un eventuale progetto. Lui mi rispose che era già tutto pronto, pianificato da Tonino. Lunedì scorso, in serata, con una telefonata, mi comunicarono che all' indomani, intorno alle 11, ero atteso al bar di Cusano Milanino, ove sarebbe giunto anche De Vitis.
Avevo capito che avevano predisposto un agguato e martedì, mi sono chiuso in casa e ho spento i telefoni cellulari, sperando che anche il mio amico lo facesse, dato che l'avevo avvertito di non uscire, di non accettare appuntamenti e di non farsi vedere in luoghi soliti.
Verso l'ora di pranzo, sono stato informato, direttamente a casa, che De Vitis era morto e che almeno due uomini della mia batteria vi avevano partecipato, dando il loro appoggio. Sono distrutto, praticamente hanno ucciso me. Mi sono armato e sono venuto qui per raccogliere le idee. Ieri pomerig-

---

[95]   Fratelli Sarlo.
[96]   Schettini Antonio.

gio ho sentito Jimmy Miano e mi ha confermato che pure lui era d'accordo e che aveva avallato le richieste di Coco, per tenere fede al patto stretto con Annacondia. Mi ha chiesto pure di accollarmi l'omicidio per non apparire un nemico di "Manomozza".[97] Ma io non avrei mai tradito un mio amico». Parlò tutto d' un fiato vomitando la sua verità.

Marco Caelio, dopo aver ascoltato, prese a dire a sua volta.

«non devi preoccuparti di quello che si penserà in giro, forse il consiglio di Miano non è del tutto stupido, ma questo vuol dire che anche tu rientravi nei loro piani di eliminazione, altrimenti perché farti dire una cosa simile. O vogliono tenere calmo il boss tranese o vogliono tenere calmo te in attesa di sviluppi, bisogna capire quanto Miano ti abbia potuto tutelare e se veramente lo ha fatto. Lo sanno che sei pericoloso, che spari bene e hai un' ottima mira, non è che un killer non le pensa queste cose prima di farsi avanti. Se ti vorranno eliminare, dovranno studiarla bene. Potresti passare al contrattacco, sarebbe quasi una "legittima difesa" ma bisogna che li elimini tutti insieme o in rapida successione. Come già una volta ti avevo prospettato, altrimenti non ne esci da sta storia».
I due si abbracciarono, promettendosi che si sarebbero visti più spesso.

---

[97]   Nomignolo di Salvatore Annacondia.

BROWN (2)
"Oscuri Presagi"

«Avrei una lista di cinque, sei personaggi, che vorrei "azzerare"». Quella voce, cupa, afona, quasi distante rispose «prima delle eliminazioni facciamo le qualificazioni».

Airuno, metà maggio.[98]

L'uomo, indossante un leggero spolverino scuro, nell'ombra, scrutò il cortile poi furtivamente si avvicinò alle finestre del locale ristorante e sbirciò all'interno. Ad un tavolo diversi uomini che discutevano. Annotò le targhe delle autovetture posteggiate nei pressi, poi si allontanò.

Nella notte il fragore delle fiamme, alte, provenienti dalle cucine. Un corto circuito, si disse.

Trani, fine maggio.[99]

Pioveva a dirotto quella sera. Un uomo, vestito di scuro con giubbotto e cappuccio calzato, con le mani coperte da guanti in lattice, attendeva all'esterno, nascosto tra le auto, in attesa di qualcuno. Sotto al giubbotto aveva celato una Spectre.[100]

Le luci del locale si spensero e gli ultimi clienti, frettolosamente uscirono infilandosi nelle auto in sosta per sfuggire alla pioggia, incessante.

---

[98]   Anno 1991.
[99]   Anno 1991.
[100]   Mitra calibro 9.

Un'ora dopo, all'incirca, raffiche di mitra sparate sulla saracinesca e sulle vetrate produssero dei lampi sfuggenti, coperti solo dallo scrosciare dell'acqua che zampillava sull'asfalto e tutto intorno.

Una ventina di minuti dopo, in rapida successione, anche le vetrine di una nota boutique ricevettero il piombo caldo, aprendosi e crollando sotto i colpi delle raffiche.

Stesso trattamento, poco dopo, per diverse auto posteggiate nei pressi di una casa, in una via quasi centrale.

Il giorno dopo, sulla cronaca, si parlò di atti vandalici ma più di qualcuno, quella mattina non uscì di casa, avendo intuito di essere il bersaglio di una mano oscura.

"Manomozza" venne avvertito e disse ai suoi di non muoversi.
Forse pensò, un segnale per prossime richieste di denaro, estorsioni, ma perché visto che lui non le permetteva?

Dovevano capire, fatti del genere nel suo paese non erano accaduti e se succedevano, doveva essere lui il responsabile, non potendo demandare a nessuno quel ruolo, poiché si sentiva il capo indiscusso. Chi aveva osato sfidarlo? Chi voleva minare quella autorità? Che mente poteva esserci dietro? Se lo chiese e non trovò una risposta.

D'altronde era freddo, spietato ma non era uno stratega e la sua cultura, era solo quella criminale. Nemici ne aveva collezionato ovunque e gli stessi "amici" quanto lo erano veramente? Se lo chiese ma non trovò risposte.

Suisio, primi di giugno.[101]

Era notte fonda e nel buio, seduti in un giardino, quasi ai bordi di una piscina, due uomini, di cui si intravedeva solo la sagoma alla luce della luna, conversavano a volte a bassa voce altre un pò più animatamente. Uno, con marcato accento campano, frasario da avvocato,[102] rassicurava l'altro circa alcuni progetti e aspettative, chiedendo attenzione per persone a lui vicine motivate a "regolamentare" una pax tra vari clan in fibrillazione, specie dopo la morte del figlio di Cutolo.

L'altro, rispondeva che non poteva assicurare ma confidava su una collaborazione proficua in cui non si sarebbe fatto male nessuno. Si salutarono con una stretta di mano e rientrò in casa senza accompagnare al cancello il suo interlocutore. Nell'ombra, un individuo con occhiali e che pareva un ragioniere, in incognito, da sotto il portico della casa, aveva osservato tutta la scena senza intervenire.

Trani, fine settembre.[103]

Il boss tranese uscì dal locale con altre persone, le salutò amichevolmente, poi si diresse verso la sua auto a passo fermo, sicuro.
Come spesso accadeva, era ovviamente armato.

Parcheggiò e un brivido lo percorse, gli era sembrato di vedere una sagoma nel buio in un anfratto del muro della casa adiacente, la mano corse alla pistola, riaccese i fari

---

[101] Anno 1991.
[102] Avvocato napoletano legato alla camorra.
[103] Anno 1991.

dell'auto, non vide nulla e si rasserenò. Scese, chiuse la portiera quando udì il fragore di diversi colpi esplosi in rapida successione.

Si abbassò dietro l'auto, rivide l'ombra di un volto e i lampi delle pistolettate, alcune luci delle abitazioni circostanti si accesero e fuggì, riuscendo a entrare in casa. Un fremito lo colse, poi nervosamente e ritmicamente, incominciò a toccarsi varie parti del corpo, il sangue caldo non gli faceva sentire nulla. Corse in bagno, cercò un asciugamani e si assorbì il sudore colante. Era illeso.

Non era ancora giorno quando bussarono alla sua porta e lo ammanettarono.[104]
Con i ferri stretti ai polsi, uscendo , in un anfratto della casa di fronte, gli parve di scorgere un'ombra, un volto, ed ebbe ancora quel fremito.

Milano, metà ottobre.[105]

Una tarda serata, i fratelli Guida, insieme a una mezza dozzina di compari del clan, stavano in un loro "magazzino" con ampie vetrate, dalle parti di Porta Venezia, ricavato al piano terra di un cortile interno di uno stabile stile anni primi novecento.

Discutevano di quote e di rispettivi introiti, quando all'improvviso, una vetrata cedette, sbriciolandosi in mille rivoli e schizzando schegge ovunque.

---

[104] 1 ottobre 1991 arresto di Salvatore Ann.acondia.
[105] Anno 1991.

Non ebbero il tempo di capire che immediatamente dopo, diverse raffiche di mitra li costrinsero a sdraiarsi per terra, mentre il rumore assordante spaccava i timpani. Rimasero proni, anche dopo che quel suono era cessato, ancora per diversi minuti, poi incominciarono a rialzarsi e correre verso degli armadietti per armarsi. Uscirono nel cortile ma non videro nulla.

Un'ora più tardi, un altro loro "magazzino" dalle parti di viale Umbria, prese fuoco e un altro ancora nelle vicinanze di viale Monza.
Una rapida successione di eventi.

Nunzio Guida, chissà perché, telefonò immediatamente a Tox, chiedendogli di vedersi subito. Lo fecero quella notte stessa, nei pressi di un baracchino di Melchiorre Gioia.
Il napoletano, chiese se sapesse chi poteva aver avuto interesse a fare quello che era accaduto ma l'ex poliziotto, prima di rispondere, domandò a sua volta, come mai lo aveva subito interpellato e, senza attendere una risposta, aggiunse di non avere idea e che avrebbe orecchiato in giro per sentire. Il napoletano non chiarì il suo dubbio ma ringraziò. Entrambi forse, avevano pensato alla stessa persona senza dirlo e comunque, non si erano convinti a vicenda.

Suisio, due giorni dopo.

A notte fonda, l'uomo con la faccia da "ragioniere" con lenti bianche e spesse, stava rincasando alla guida della sua auto quando si accorse del bagliore alle sue spalle, fari che emanavano una luce intensa da abbagliarlo, infastidendolo. Accelerò, raggiunse il cancello della sua abitazione, azionò il telecomando dell'apertura automatica ma non entrò, scese dall'auto velocemente, prese la pistola e attese. Non comparve alcun mezzo, si calmò e posteggiò all'interno. Tornò sui suoi passi per controllare il perimetro e nel fogliame, gli parve di intravedere qualcuno o qualcosa e fece fuoco uno, due, tre volte. Una luce si accese e una donna fece capolino dietro alla vetrata del piano superiore. Rientrò un po' agitato ma non disse nulla.

CATTIVI PAGATORI

Sanremo, 23 ottobre.[106]

Nella mattinata di quel mercoledì, il turco Aydin Aydemir detto "Skypper" insieme alla moglie italiana "Angelina" originaria del torinese, sposata con "rito turco" aveva visionato un attico, confermando l' acquisto e facendola felice.

Nel pomeriggio, subito dopo pranzo l'aveva salutata partendo alla volta di Milano a bordo di un' auto noleggiata, una Peugeot 405 di colore bianco.
Milano era una delle sue mete di "lavoro"[107] oltre a Istanbul e Vienna.

Milano, 23 ottobre.

A metà pomeriggio dello stesso giorno, il comasco Ercole Viganò, insieme a due gregari della sua "batteria"[108] Angelo Petrosino e Francesco Ventrici, era seduto a un tavolo del bar di piazza Fidia, alle prese con i tre telefoni cellulari, tutti clonati, in attesa che "Giacomo" il barman, servisse un ricco piatto di stuzzichini, accompagnato da champagne.
Il "gruppetto" da alcune settimane, era tra gli abituè del locale.

Tra le sue conversazioni telefoniche, quelle con il turco atteso in serata e più diffuse, quelle intrattenute con Tonino

---

[106] Anno 1991.
[107] Trafficante di stupefacenti.
[108] Modo gergale di intendere un gruppo criminale.

Schettini, braccio destro di Franco Coco Trovato, con cui
da giorni, stava intavolando una trattativa per incontrarlo
insieme a Jimmy Miano, latitante, per riscuotere il denaro,
circa un miliardo di lire[109] relativo al saldo di un carico di
eroina, consegnato giorni prima dall'autista di un Tir ai catanesi, nell'autoparco di via Salomone.

Il "narcos" Ercole Viganò alcuni mesi prima, era entrato in
contatto con la rete catanese di Jimmy Miano e di conseguenza con il gruppo di Coco Trovato con cui era consor-
ziato, grazie ai "buoni uffici" di Nino Messina, uomo di fiducia di Turi Cappello e cassiere dei "cursoti milanesi".
Il comasco, li riforniva di carichi di eroina fatti giungere
con l'intermediazione del turco Aydemir, con basi logisti-
che a Sanremo in Liguria e a Vienna.

Da giorni però, il suo referente [110] era scomparso e il comasco per incassare, si era rivolto direttamente ai catanesi tramite il napoletano, anche per tranquillizzare il committente
turco.

Il braccio destro di Coco, finalmente aderendo alle sue richieste, gli aveva fissato un incontro per la stessa serata
presso l'autoparco, garantendogli che nell'occasione, a
fronte del debito, gli sarebbe stata fornita in contropartita,
oltre al denaro anche un quantitativo di ottima cocaina e un
personalissimo "pensiero" dei boss, per scusarsi nel ritardo
del pagamento.

---

109   Attuale conio circa 500 mila euro.
110   Nino Messina ucciso a Sale Marasino (BS) con scomparsa
      della cassa sotterrata in una buca nel giardino della casa.

Ercole Viganò, ingolosito dalle smancerie del napoletano, accettò subito l'invito ma, forse per prudenza, spostò il luogo dell'incontro a San Bovio[111] davanti alla trattoria[112] - ove spesso si erano incontrati e peraltro chiusa per riposo settimanale - e quindi al riparo da occhi indiscreti.

All'autoparco, avrebbe inviato un suo gregario, per ritirare quale "anticipo" il pacco contenente la cocaina promessa.

Pianificati gli incontri, comunicò al turco Aydemir gli sviluppi, rassicurandolo che era in procinto di monetizzare e che si sarebbero visti all'indomani, in tarda mattinata in viale Fulvio Testi, nei pressi dell' albergo, inteso quello ove solitamente alloggiava nelle sue trasferte meneghine.

Partirono insieme, direzione Milano est.
Ercole Viganò alla guida della Fiat Duna con a fianco Angelo Petrosino diretto a San Bovio, Francesco Ventrici all'autoparco. Concordano che si vedranno dopo, nei pressi dell'aeroporto di Linate.

Francesco Ventrici entrato all'autoparco, si accostò alla baracca che fungeva da ufficio e senza scendere dall'auto tese le mani e ritirò il pacco, ricevendo quale "omaggio" anche una gragnuola di proiettili che lo fulminarono all'istante.
Verrà ritrovato due giorni dopo, nel portabagagli della sua stessa auto, parcheggiata su di un marciapiede a Cernusco sul Naviglio.
Nel pacco, solo carta straccia.

---

[111]	Frazione del comune di Peschiera Borromeo.
[112]	Trattoria frequentata da Jimmy Miano e svariati malavitosi di tutti i clan federati.

La Fiat Duna, nel buio completo, aveva intanto raggiunto lo spiazzo prospiciente la trattoria di San Bovio.

Ercole Viganò, vede sbucare Tonino Schettini, fa per scendere e andargli incontro ma il napoletano con un calcio gli richiude la portiera e da dietro il folto fogliame partono violente scariche di mitra.

Il piombo bollente, lo incolla al sedile insieme al compare, vittime del plotone di esecuzione catanese. [113]

Intanto, il turco passeggiava nervosamente nella sala d'attesa di una caserma della Finanza, nei pressi della stazione centrale. Doveva incontrare un magistrato, come da accordi che aveva preso segretamente, alcuni giorni prima, con un sottufficiale di Sanremo.

Ma quel magistrato non si presentò, rinviando l'appuntamento a data da destinarsi.[114] Avrebbero fatto sapere gli dissero e lo congedarono. All'uscita, sul parabrezza dell'auto, trovò una multa perché aveva parcheggiato davanti e c'era il divieto.

Milano, 24 ottobre.

Il turco Aydemir, aveva dormito nell' hotel di viale Fulvio Testi e per tutta la mattinata aveva atteso, invano, la telefonata di Ercole Viganò a conferma del loro appuntamento.

Aveva provato più volte a chiamarlo ma i telefoni erano

---

[113] 23 ottobre 1991 Viganò Ercole, Petrosino Angelo e Ventrici Francesco uccisi in rapida successione.

[114] In quel periodo si stavano preparando gli atti preludio dell'operazione "Mani pulite" che verrà avviata il successivo 7 febbraio 1992. Fu un errore non ascoltare il turco che avrebbe fatto luce su ulteriori traffici intessuti dai clan e sulla rete in Europa dei narcos turchi e asiatici.

muti come pure quelli dei suoi due "collaboratori" Petrosino e Ventrici. Scomparsi.

Telefonò a un suo connazionale che come altre volte, gli faceva da autista quando veniva in città che lo raggiunse direttamente nella hall dell'albergo.

Visti vani i tentativi di contattare Viganò e i suoi, si recò direttamente all'autoparco chiedendo di incontrare Jimmy Miano che gli doveva quanto a lui dovuto.

Con parte di quel denaro, avrebbe pagato l'attico promesso alla moglie.

Gli risposero che avrebbero fatto sapere.

Poco più tardi, ricevette una comunicazione con appuntamento fissato all'indomani, nei pressi di un ristorante a Cinisello Balsamo.

Cinisello Balsamo, 25 ottobre.

Sul posto, da un'auto con due persone a bordo, gli venne fatto cenno di seguire e l'autista turco, ricevuto l'assenso da Aydemir, lo fece.

Bresso, 25 ottobre.

L'auto "aggancio" giunse a Bresso e l'occupante, senza entrare, indicò il vialetto di una villetta e proseguì la sua corsa.

L'autista turco della Peugeot imboccò il vialetto ma improvvisamente, da dietro alcune siepi in cui si erano nascosti, sbucarono una decina di uomini[115] che li scaraventarono

---

[115] Appartenenti a diversi clan federati.

di peso giù dall'auto trascinandoli all'interno della villetta mentre il cancello d'ingresso veniva chiuso.

Il napoletano Tonino insieme al catanese Di Modica[116] presero a schiaffeggiare i due turchi legati alle sedie, rendendosi conto che l'autista non parlava nemmeno l'italiano.
Le domande poste al trafficante Aydin Aydemir, a molti presenti, parvero pretestuose e inutili.

Era andato all'autoparco per riscuotere i suoi soldi e lo disse apertamente, non per altro.

I catanesi insistevano che la sua intenzione era quella di uccidere il loro capo e senza ulteriori preamboli, li incaprettarono, nonostante la contrarietà di svariati malavitosi presenti, avendo intuito che l'interrogatorio era tutta una farsa.
I debiti andavano onorati, questo era il loro pensiero.

I corpi dei due turchi, vennero posti nel bagagliaio della Peugeot bianca spostata e abbandonata a Milano.

In due giorni, l'intera "batteria" di trafficanti facenti capo a Ercole Viganò era stata azzerata con l'eliminazione dei cinque sodali, rei di aver richiesto il pagamento di quanto loro dovuto.

Ancora una volta, i catanesi di Miano e gli affiliati di Coco, avevano applicato la nefasta strategia di ritirare i "carichi" e non pagare i fornitori, eliminandoli.
E non a caso, l'autoparco, era ritenuto un "cimitero".

---

[116] Di Modica Luigi killer organico alla cosca dei "Cursoti milanesi" capeggiati da Luigi Miano detto "Jimmy".

Milano, 3 novembre

La domenica mattina, gli addetti al lavaggio delle strade, in piazzale Caserta, fecero spostare con un carrello elevatore, una Peugeot bianca sul marciapiedi, causando l'apertura del bagagliaio ove all'interno, vennero rinvenuti due cadaveri, incaprettati.

Sui loro corpi erano state lanciate delle banconote stropicciate.

Milano, 5 novembre

Tox si recò da Marco Caelio e pranzò con lui.
Il piacere di ritrovarsi fu reciproco.

Inevitabilmente, il discorso cadde sul ritrovamento due giorni prima, dei cadaveri dei turchi nell'auto, di cui le cronache avevano dato ampie notizie.

Tox lasciò intendere che lui e il suo gruppo, avevano avuto un ruolo nella vicenda ma Marco Caelio, non spinse sull'acceleratore e lasciò che l'amico narrasse spontaneamente.

Riferì che a suo modo di vedere, i turchi e tutta la batteria di Ercole Viganò, non erano responsabili di nulla e che volevano solo essere pagati.

Tonino Schettini e i catanesi, li avevano collegati alla morte del loro cassiere, ma a suo parere, poteva essere il contrario e cioè che Nino Messina, non intendesse venire meno al suo dovere di pagare e per questo, lo avrebbero ucciso, portandogli via la cassa che lui aveva sotterrato in una buca del giardino della casa ove si era nascosto, a Sale Marasino, nel bresciano.

La ricostruzione poteva essere attendibile posto che il piano di eliminazione, previo assenso dei boss Miano e Coco, era stato predisposto da Schettini che, nella riunione preparatoria tenutasi al circolo di Cusano Milanino, aveva parlato della necessità di eliminarli tutti, poiché volevano uccidere i loro boss.

Una frottola per tenere buoni i clan "alleati" e per coprire il "mancato pagamento" della fornitura, avallata dalle "chiacchiere" del catanese Di Modica che quando si rivolgeva al "tessitore" napoletano lo chiamava "zio" pur non avendo alcun legame parentale.

La vicenda stava minando ulteriormente la credibilità di Coco e Miano, ritenuti praticamente inaffidabili come i loro bracci destro, Tonino Schettini e Luigi Di Modica e che lasciava l'amaro in bocca ai malavitosi trafficanti che ormai, cercavano di evitarli, non presentandosi agli appuntamenti e sottraendosi a quel "patto" che li vedeva legati, specie nell'approvvigionamento e smercio degli stupefacenti.

Tox inoltre, non fece mistero di essere disgustato anche perché aveva saputo che alcuni omicidi, erano stati commissionati per fatti di corna che nulla avevano a che vedere con le dinamiche criminali tanto di decidere di incominciare ad allontanarsi, pur continuando ad avere un privilegiato rapporto con Jimmy Miano nel controllo delle bische.

Con gli occhi lucidi, riferì della vicenda dei catanesi che avevano ripulito le tasche dei due turchi già morti, minacciandoli con il mitra perché non sopportava che venisse rubato il denaro agli uccisi e gli stessi, stizziti, avevano lanciato sui corpi le banconote prese rinchiudendo il bagagliaio.

Particolare che lo collocava sul luogo del delitto ma Marco Caelio non fiatò e non pose domande.

BROWN (3)
"Messaggi e Consegne"

Crotone, metà di novembre

Nella hall di un villaggio turistico sulla costa, affidò un'ambasciata alla nipote del proprietario del resort, una bella ragazza sui trent'anni.

La stessa sera, in un ristorante del centro, incontrò tre uomini sulla cinquantina, con marcato accento locale, [117] cenando con un menu a base di pesce mentre discutevano di alcune questioni.
L'argomento era "Milano" le sue connotazioni e gli sviluppi che certe situazioni potevano comportare.

A margine della serata, a titolo di suggello di una probabile intesa, richiese di organizzare, nel loro territorio, un incontro con il tarantino Marino Pulito. Voleva tendergli un agguato e colpirlo.

I suoi commensali aderirono all'invito ma Pulito,[118] atteso per due giorni, non si presentò all'appuntamento.

Reggio Calabria, metà di novembre

Nella hall di un albergo, incontrò una decina di persone, [119] di età compresa tra i quaranta e i settantanni, di cui diversi

---

[117] Boss del crotonese.
[118] Pulito Marino del clan Modeo di Taranto.
[119] Boss di Reggio Calabria e della Piana.

accompagnati dalla propria donna o compagna, con cui
conversò amabilmente per poi invitarli a cena, facendoli accomodare in una saletta attigua ove vennero servite delle
fresche e gustose aragoste.

In quella occasione, con parole ricercate, richiese ai calabri
di non appoggiare più Coco Trovato, in un eventuale scena-
rio di guerra che si poteva aprire con gruppi del milanese
ma di ceppo pugliese.

Spiegò, argomentando, che "questi"[120] si sentivano "vicini"
non per interessi comuni ma più per attitudini comporta-
mentali, alla mentalità camorristica del napoletano piuttosto
che a quella arcaica della 'ndrangheta calabrese e che questa proiezione, doveva essere interpretata come libertà di
pensiero e non d'azione che invece, li avrebbe accomunati
nei futuri interessi di controllo e di potere e ovviamente, di
introiti.

Si lasciarono con un'intesa senza un accordo ma i calabri,
realizzarono che Coco stava diventando un problema.

Ardore/Africo [121] inizi seconda metà di novembre[122]

Intorno alle ore 11 del mattino, la ragazza, quasi ventenne,
mora e dalle carni scure, mediterranee, più volte ripetente,
era uscita due ore prima dalla scuola e si era intrattenuta
con un ragazzo, nei giardini vicino alla chiesa, scambian-
dosi effusioni.

---

[120]   Inteso i gruppi malavitosi di ceppo pugliese.
[121]   Località della Calabria jonica reggina.
[122]   Anno 1991.

Dopo circa un'oretta, si era incamminata da sola, raggiungendo la statale 106, quasi in fondo all'abitato,[123] in attesa dell'autobus di linea che l'avrebbe condotta a casa.

Un furgone le si affiancò e presa alle spalle, praticamente di peso e sollevata, si ritrovò all'interno, sbattuta sul pianale.
Le venne tappata la bocca con un fazzoletto, infilato un cappuccio in testa e legati i polsi con una fascetta gommata e zigrinata. Provò a tirare ma sentiva che stringeva ancor di più e desistette.

Il mezzo procedeva con andatura regolare in pieno silenzio, nessuna voce, nessun commento, ma la ragazza avvertiva la presenza di altre persone di cui sentiva solo il respiro. Poi degli scossoni, forse una strada dissestata o sterrata, poi ancora nulla. Il silenzio. Il motore spento.
Quanto tempo trascorse in quella condizione, non lo sapeva.
Forse due, tre, quattro ore o ancor di più, un tempo infinito.
Il mezzo si rimise in moto e ripartì.

Si fermò dopo un lasso di tempo che non seppe quantificare.
Venne slegata, liberata la bocca dal fazzoletto e tolto il cappuccio. Avverti un brivido di freddo sulla nuca e intuì che era una canna [124] che premeva contro.

Vide la luce che entrava dal portellone laterale spalancato, poi una voce alle sue spalle: «Devi portare un messaggio a tuo padre e a tua madre» [125]

---

[123] Ardore Marina.
[124] Canna di pistola.
[125] Famiglia 'ndranghetista con collegamenti a clan della Lombardia.

«Quale messaggio» rispose
«Il messaggio sei tu»
Venne spinta all'esterno e si ritrovò in un largo piazzale, vicino a dei bidoni della raccolta spazzatura e una casupola abbandonata, all'ingesso di Africo, il suo paese.

Corse, raggiunse la zona delle scuole, poi svoltò risalendo un viottolo e, trafelata, entrò in casa. Sprofondò in una poltrona e pianse. Erano solo le due del pomeriggio.
Tutto il percorso di rientro della fanciulla, era stato seguito ed osservato da un uomo, a bordo di una coupè scura che lentamente, strofinava l'asfalto.

Montecarlo, mercoledì 27 novembre 1991

Nei pressi dell'hotel "Metropole" nel primo pomeriggio, incontrò una coppia e con loro, prese a passeggiare parlando confidenzialmente. Li lasciò dopo aver consegnato una busta di colore marrone.

Li rivide poco dopo, nell'area pedonale della rue "Princesse Caroline" ove presero posto ad un tavolo e gustarono un ottimo caffè, nel migliore e più raffinato locale del posto.

La coppia si alzò dal tavolo e salutò, lasciando sul tavolino una busta che lui raccolse e ripose nella tasca destra del cappotto di taglio elegante e alla moda.

Nizza, venerdì 29 novembre 1991

L'autovettura targata Milano, a metà mattinata, percorse un tratto del lungomare poi venne parcheggiata nei pressi. Ne scesero tre uomini che dopo essersi guardati intorno, si diressero verso l'inferriata guardando la spiaggia e la distesa di mare, un po' grezza causa un leggero vento.

Li raggiunse e un po' gesticolando, parlò con il terzetto per circa un'ora forse più, allontanandosi a piedi dopo averli salutati con un abbraccio.

Si rividero nel primo pomeriggio nello stesso posto e questa volta, salì in auto con loro per dirigersi verso l'aeroporto ove la parcheggiarono per salire su di un'altra, con targa francese, guidata da lui.

Tien sur la mer, sabato 30 novembre 1991[126]

Non era ancora mezzogiorno quando un uomo, sulla quarantina ben portati, vestito con un abito grigio fumo, con camicia chiara e senza cravatta, calzando scarpe nere e lucide, stava percorrendo una strada interna, parallela alla litoranea marittima.

Una giovane donna si avvicinò chiedendogli qualcosa, l'uomo rispose più a gesti che a parole, facendo intendere che non era del posto o che non parlava il francese, allontanandosi.

Percorsi una decina di metri, nella via comparvero sia frontalmente che alle spalle, alcuni uomini che quasi a fisarmonica, lo bloccarono spingendolo contro un muro.
Verificarono che era disarmato, poi lo ammanettarono.

---

[126] Francia Costa Azzurra.

Incrociò lo sguardo di tre uomini che dal marciapiedi di fronte lo osservavano e parevano compiaciuti, allora girò la testa, incontrando un volto che si accese con un leggero sorriso che lui ricambiò, mentre lo spingevano nella Renault della Polizia francese. La sua fuga era cessata.

Pèpè Flachi era stato catturato.[127]

Meda, dicembre[128]

In un elegante ristorante, quasi al centro dell'abitato, si ritrovò a pranzo con un importante esponente di una "famiglia" calabrese[129] trapiantata nel nord del milanese e con influenze su altre organizzazioni in Italia e all'estero.

Era stato il calabro, originario della costa dei Gelsomini[130] a richiedere l'incontro, mediante un messaggio lasciato sulla segreteria di un numero telefonico mobile[131] collegato a un terminale internazionale.

Si conoscevano da diversi anni e i loro rapporti, per quanto diluiti e rari, erano sempre ricchi di convenevoli nutriti da una reciproca empatia.

L'argomento, da subito, venne incentrato dal calabro, sulla necessità di sviluppi e collegamenti internazionali, in particolare in Paesi africani e in America Latina[132] relativi

---

[127] Catturato dalla Polizia francese in collaborazione con la Squadra Mobile di Milano . Verrà estradato in Italia nel maggio del 1995.

[128] Anno 1991.

[129] Riferimento a una cosca della Locride.

[130] Locride.

[131] Cellulare.

[132] In particolare Togo, Brasile e Colombia.

all'approvvigionamento, stoccaggio e spostamento di ingenti carichi di cocaina.

Brown, rispondendo ai quesiti del suo interlocutore, argomentò sulle possibilità delle "triangolazioni", già osservate e sviluppate nel traffico di armi, adottate presso hub compiacenti per facilitare il "commercio" con modalità apparentemente "legali" o quasi.

Consigliò lo scarico in diversi porti europei, quali Rotterdam, Algeciras o direttamente Genova e quando non possibile, in acque internazionali, al largo della Liguria o Toscana, suddividendolo su più imbarcazioni.
Ovviamente le cosche avrebbero pagato un "prezzo" accessibile e che non avrebbe pregiudicato le loro casse.
In quel "prezzo" inserì anche il non appoggio delle loro cosche a Coco Trovato e soci, in caso di attacco.

Esplicitamente, confidò che voleva eliminarlo insieme al suo braccio destro per poi volgere le sue attenzioni sui catanesi e il loro boss Miano.

Il calabro non si scompose ma chiese tempo e riflessione. Non poteva decidere su due piedi e forse, non si aspettava una richiesta così a gamba tesa.

Brown incalzò ammonendolo, replicando che le sue richieste erano di alto livello gestionale, non certo da demandare alla marmaglia o qualche boss analfabeta, ci voleva una imprenditoria di cui non disponevano ma che avrebbero potuto avere tramite canali finanziari e manageriali esteri e la contropartita, doveva essere adeguata.

Il calabro, sorridendo, gli rispose che avrebbero fatto la loro parte se necessario, aggiungendo, quasi con distacco, che in quel momento, per compiacere alcuni politici locali dell'alto milanese e comasco, si stavano occupando delle sorti di due ragazze italiane "bloccate" in Bulgaria.

Nel salutarlo, il calabro porse i suoi migliori auguri per le imminenti festività e abbracciandolo, chissà perché, gli comunicò che il prossimo obiettivo del boss lecchese e del suo braccio destro napoletano, era un ex poliziotto. Brown non si agitò, raccolse il messaggio e uscì dalla sala.

A seguito dell'arresto di Pepè Flachi, in tutta Milano ed hinterland, vennero effettuate nell'immediato, oltre 400 perquisizioni.

La Polizia era scatenata, alla caccia di boss e gregari e ogni giorno, le organizzazioni, in Italia e all'estero, perdevano i pezzi.

Molti di loro erano fuggiti all'estero, tra la costa azzurra, Barcellona, Madrid e l'Andalusia, tentando di sottrarsi alle catture ma con scarsi risultati, gli arresti erano all'ordine del giorno.

Franco Coco Trovato, dopo la cattura del "socio" in costa azzurra [133] aveva accusato il colpo e cercato di riorganizzare le fila di quel gruppo, per evitare che si disunisse.

Senza il loro capo, diversi sodali avevano pensato di allontanarsi, anche per sottrarsi alle dinamiche criminali non sempre logiche del boss di Lecco applicate dal fido napoletano Tonino [134] che a sua volta, sovente, viscidamente dilatava gli "ordini" per smanie personali.

Il legame con il catanese Jimmy Miano, si era reso più solidificato e ravvicinato, poiché entrambi avevano la necessità di serrare le fila e tenere unita la "federazione" malavitosa di stampo mafioso.

Di fatto, il controllo dello smercio di droga, nelle aree di competenza del calabrese Flachi, venne assorbito da loro,

---

[133] Pepè Flachi.
[134] Schettini Antonio.

non solo per evitare che gli organici alla sua cosca si rendessero autonomi ma soprattutto, per scongiurare l'intrusione di altri.

Milano, inizi di gennaio[135]

Un cliente del garage, molto stimato, vicino a politici della Regione, gli parlò di due italiane, cadute in una imboscata in Bulgaria e trattenute per contropartita.

Due giorni dopo, Marco Caelio, venne avvicinato da un giornalista di grido[136] della cronaca il quale, gli parlò della stessa vicenda, affermando che le due giornaliste freelance[137] originarie del comasco, erano state arrestate alcune settimane prima al confine bulgaro e che a suo parere, vi erano dei problemi poiché le malcapitate, erano oggetto loro malgrado, di una trattativa probabilmente spionistica e per questo non ne parlava nessuno.

La questione non è che lo attizzava più di tanto, sapendo che solitamente erano vicende legate agli ambiti relazionali più o meno buoni che si potevano intrattenere tra i Paesi, una volta amici e l'altra un po' meno, a seconda del colore politico e delle relative aderenze.

In quel periodo, stava pianificando una serie di azioni presso alcune discoteche "controllate" da malavitosi con direttori di sala sodali o sottomessi ai clan ma comunque, verificò che nessun giornale ne aveva dato notizia e anche la data

---

[135]   Anno 1992.
[136]   Noto.
[137]   Libere professioniste.

del loro "arresto" era peraltro misteriosa.

La piega ombrosa della questione, affascinò Marco Caelio che a quel punto, decise di attivarsi in proprio per cercare di risolvere la questione e riportare le ragazze a casa.
Tramite una "fonte" con agganci al Consolato, incontrata in un bar di via Turati, ebbe la conferma che due fotoreporter italiane, in odore di "spionaggio" erano state bloccate tempo addietro, in una zona bulgara di confine.

Esattamente non si sapeva quali fossero le accuse e le autorità italiane, stavano seguendo la situazione che però non si sbloccava.

Promise una lauta "ricompensa" in caso di soluzione e la fonte, qualche giorno dopo, gli fornì il nominativo di un funzionario che poteva fare da tramite in una eventuale trattativa extra diplomatica e riservata.

Inviò un suo "gruppo" alla frontiera italo/slava che nel giro di qualche giorno, agganciò un furgone camper con targa bulgara con tre persone a bordo, due uomini e una donna.

Vennero seguiti sino in Toscana, ove giunti a Piombino, si imbarcarono per l'isola d'Elba per poi bivaccare, con montaggio di una tenda agganciata al mezzo, nei pressi di un camping in località Procchio, una frazione di Marciana marina.

Non disponevano di telefoni cellulari ma di una radio per amatori e il gruppo "Jack" provvide a osservarli, controllarli, ed isolarli, disturbando le onde radio e disattivando la cabina pubblica più vicina, distante circa un chilometro.

A quel punto, Marco Caelio, con l'ausilio di un interprete, contattò il funzionario straniero concordando un appuntamento a Trieste per il giorno dopo.

Si videro in un parco cittadino e accompagnato dall'interprete, affrontò la questione riferendo che da alcuni giorni, avevano "preso" tre bulgari, rei di spionaggio e che sarebbero stati liberati se le loro Autorità avrebbero fatto lo stesso con le due ragazze italiane.

Il funzionario, giunto anch'egli con una interprete, confermò che le reporter italiane erano trattenute per accertamenti presso un campo nella zona di confine e che erano prossime alla liberazione.
Chiese inoltre, a quale titolo lui parlava e Marco Caelio, senza fronzoli, rispose che questo non era importante.
Lui non aveva chiesto alcuna referenza e non intendeva offrirne, o le ragazze venivano subito rimesse in libertà oppure avrebbe fatto sparire i suoi connazionali.
Al momento aggiunse, non è ancora intervenuta nessuna autorità giudiziaria e possiamo risolverla tra noi, in maniera amichevole e diplomatica, altrimenti le cose si complicherebbero. Fate voi.

Il funzionario straniero, rispose che non gli risultava alcuna attività di spionaggio posta in essere da suoi connazionali e Marco Caelio, rispose che anche a lui non risultava che le due italiane fossero spie. Quindi erano pari.

La risposta del suo interlocutore fu che doveva sentire i suoi superiori proponendo, nel caso, un eventuale scambio alla frontiera.

Marco Caelio, rifiutò la proposta di scambio contestuale –
e non poteva fare altrimenti posto che non aveva bloccato
nessuno - asserendo che una volta liberate le due italiane, i
tre bulgari avrebbero potuto proseguire il loro viaggio in
Italia come turisti, senza problemi e senza incombere in
altre avversità.

Il funzionario prese tempo e Marco Caelio gli preannunciò
che il prossimo incontro si sarebbe dovuto tenere a Milano,
dando al suo interlocutore un tempo massimo di 96 ore.

Aveva giocato all'attacco per non farsi prendere in contro-
piede.

Non aveva nulla in mano e il bluff poteva riuscire o incasi-
nare ulteriormente la vicenda.
Si augurò che tutto filasse liscio e comunicò al gruppo Jack
di vigilare con molta attenzione e di controllare che i bulgari non comunicassero con altri in nessuna maniera.

Predispose l'invio in appoggio, del gruppo "Publio" che
partì immediatamente per l'isola.

La mattina del giorno dopo Tox gli chiese un appuntamento, per accompagnare una persona che voleva parlargli.
Marco Caelio assentì, senza nemmeno chiedere chi fosse
l'interlocutore, fissandolo per quello stesso pomeriggio in
un bar di Piazzale Susa.

L' ex poliziotto, si presentò con un signore sulla quarantina,
apparso subito spavaldo e un po' sbruffone, dichiarandosi
appartenente a una importante "famiglia" calabrese.

Tox, precisò che erano gli stessi che l'avevano informato, tempo prima, dell'intervenuto accordo tra Coco e Annacondia e quindi, si sentiva debitore nei loro confronti.

Marco Caelio realizzò che erano le cosche dell' hinterland a nord di Milano, ma non disse nulla, attendendo che il calabrese esplicitasse la sua richiesta.

Questi, riferì che "loro"[138] avevano a cuore le sorti di due ragazze fermate all'estero e trattenute al confine e meditavano un "intervento" per liberarle, anche per aderire alle richieste di alcuni politici loro "amici".

Marco Caelio si finse colpito dalle intenzioni manifestate e chiese come volevano agire e cosa lui avrebbe dovuto fare per favorirli in tal senso.

«Vorremmo che tu predisponessi un'azione?»
«E quindi, dovrei farle evadere, ho capito bene?»
«qualcosa del genere» confermò il calabrese.
«e i costi eventuali dell'operazione, chi li sostiene»
«di questo parliamo magari a cose fatte»
«E tu» rivolgendosi quasi ridendo a Tox, «me lo hai portato qui a questo? Io faccio evadere due persone e poi ve le consegno per farvi fare bella figura a voi e ai politici a cui state appresso, ma siete scemi? E hanno mandato te? Un personaggio ridicolo. Dai Tox, toglimelo dalle palle altrimenti lo sparo».

---

[138] Riferito ai clan gravitanti nel nord del milanese alleati tra loro tra cui le famiglie Mancuso, Piromalli, Pesce e Bellocco e altre a loro vicine.

Lasciarono il bar ma dopo un paio d'ore, Tox si presentò al garage, ridacchiando a sua volta.
Conosceva il temperamento dell'amico e aveva capito che le richieste del calabrese non lo avevano convinto come pure la sua personalità.

«Cosa vuoi»«prese a dire «questo è un cretinetto, è il genero di un "mezzo" boss, lo usano per cose un po' strane, uno senza palle, che si fa grande ma non è nessuno, tu lo hai capito subito, io cosa posso farci, non è che sono tutti così»

«lo so, lo so, amico mio che non sono tutti così, per fortuna, ma dove si vanno a infilare e tu, potevi sfrucugliarlo prima, almeno non facevi la figura, venirmi a chiedere di far evadere due persone così, a mani "vacanti"[139] senza una proposta, un progetto, ma chi sono, come l'ha presa questo coglione qua eh, quando gli ho detto che lo sparavo»

«mah, mi ha detto mi sembra che mi ha preso a calci nel culo» risero a crepapelle.

«il suo boss sarà contento» ora di favori te ne deve due.

«almeno tre» rispose Tox e continuarono a ridere poi andarono a cena insieme.

Trascorse sessanta ore dall'incontro di Trieste, Marco Caelio venne contattato telefonicamente.
Il suo interlocutore parlava in italiano con chiara inflessione straniera e riferì che i "due pacchi" erano in viaggio verso la frontiera italiana.

---

[139] Vuote.

I tempi tecnici del tragitto e potevano essere "ritirati" al valico di Basovizza. [140]

Immediatamente Marco Caelio predispose la partenza con tre auto e una jeep furgonata, attivando i gruppi "Lux" e "Vax" e ponendo in pre allarme anche il gruppo "Agrippa".

All' incirca quattro ore dopo, erano al confine.

Rimasero nei pressi del bar ormai chiuso, in attesa in auto.

In piena notte, giunse un pulmino da cui scesero quattro persone.

Tra loro, due giovani donne con a tracolla le macchine foto-grafiche. Erano loro. Vennero avvicinate e chiesto se erano le due fotoreporter. Confermarono. Salirono a bordo della jeep furgonata e condotte a Mariano Comense ove vennero fatte scendere nei pressi del municipio. Nel tragitto nessuna domanda e nessuna risposta.

Subito dopo i gruppi distaccati all' Elba rientrarono, cessando le attività.

Il mattino dopo, Marco Caelio telefonò a Tox, comunicando-gli che le due ragazze erano a casa e che per il "disturbo" i calabresi avrebbero dovuto versare cinque miliardi di lire. [141]

Rispose che avrebbe riferito ma dopo qualche giorno, i ca-labri fecero sapere che non avrebbero pagato nulla. Si erano resi conto di non aver avuto alcun ruolo nella vicenda e che non avrebbero potuto trarne vantaggi o giovamento.

Marco Caelio incassò il rifiuto ma monetizzò comunque, at-traverso i buoni uffici del suo cliente che per prima gli aveva parlato della spinosa questione che a sua volta, aveva battuto

---

[140]   Valico al confine italiano vicino Trieste.
[141]   Attuale conio circa 2 milioni e mezzo di euro.

cassa presso i suoi "amici". Tre miliardi di lire, in titoli. [142]

Nella serata del venerdì successivo, insieme agli uomini del gruppo "Publio" scese in un noto locale alla moda, situato sotto a una delle gallerie di corso Buenos Aires. La discoteca era semi vuota.

Nel privée, notò la presenza di diversi malavitosi in compagnia di alcune loro amanti, truccate, ingioiellate e che non sentivano il puzzo del denaro.

Presero qualcosa al bar, poi, guardinghi, mentre uno di loro copriva le spalle presidiando lo stretto corridoio, entrarono nell'ufficio del direttore, trovato seduto alla scrivania mentre contava l'incasso.

Lo bloccarono e lo presero a sberle, poi gli fecero aprire la cassaforte e presero tre pistole, due automatiche e un revolver, ignorando il denaro. Era consuetudine in questi locali, far depositare ai malavitosi le armi nella cassaforte e Marco Caelio lo sapeva.

Lo legarono alla sedia e uscirono, lasciando la sala.

Poco dopo, il cliché venne replicato in una discoteca di via Carducci, con un direttore grassoccio e con la faccia da "cicciobello" lasciato a piagnucolare dopo aver ricevuto la sua razione di botte.

Nella "sua" cassaforte, le pistole rinvenute furono cinque di cui due automatiche e tre bellissimi revolver cromati a cinque colpi. E tutto questo mentre i suoi amici balordi, se la spassavano a pochi metri da lui bevendo champagne con le puttane di turno.

____

[142] Attuale conio circa 1 milione e mezzo di euro.

La serata Marco Caelio la concluse, da solo, al "Divina"[143]
di via Molino delle Armi, ove si era recato per svagarsi.

In origine quel club, aveva avuto la denominazione "Bang
Bang" ed era considerato il locale della mala, frequentato
anche da noti artisti dello spettacolo che popolavano le notti
milanesi.

Tramutato in "Divina" grazie a un moderno design che ri-
chiamava i locali newyorkesi frequentati dai grandi boss, con
affreschi alle pareti, ascensore in cristallo, ampie e comode
sedute, qui nasceva il "fashion system" uno degli spazi più
ambiti del jet set affollato da stiliti e modelle oltre che da
cantanti, attori e immancabilmente, malavitosi e gangster.

Si diresse al bar, prese da bere, poi si lanciò in pista duet-
tando con una nota cantante.

Si recò nella sala bagno e, intento a urinare, seppur di spalle, riconobbe il calabrese che giorni prima aveva incontrato
nel bar di piazzale Susa, condotto da Tox.

Attese che terminasse e mentre si stava chiudendo la patta,
lo colpì violentemente al basso ventre con un calcio per poi
sbatterlo contro un muro e trascinarlo all'interno di uno dei
bagni e continuare a percuoterlo, lasciandolo semi svenuto
in ginocchio e con la testa infilata nella tazza dicendogli
che i suoi "amici" avrebbero dovuto dargli i soldi per il disturbo, altrimenti lo avrebbe ammazzato.

Subito dopo uscì dal locale assaporando la fresca brezza.

Tre giorni dopo, venne raggiunto da Tox all'agenzia di
pratiche.

---

[143] Nota discoteca alla moda.

Gli fece un cenno e si recarono al bar.

Qui l'amico chiese spiegazioni per quanto accaduto nella discoteca e Marco Caelio, gli rispose che non aveva digerito il suo comportamento e quello dei suoi compari. Devono pagare. Se non lo avessi incontrato magari lasciavo perdere ma come l'ho visto, mi è salito il sangue agli occhi.

«loro» rispose Tox «non l'hanno presa bene. Mi hanno detto di dirti di stare buono e che non pagano nulla.»

«e tu riferisci che pagheranno, in un modo o nell'altro».

Trascorse due settimane, di fatto, pagarono.

In un porticciolo della Toscana, poco prima dell'alba, un natante aveva appena attraccato. A bordo due persone che subito dopo, scaricarono diversi borsoni sulla banchina.

Un'auto si avvicinò e l'autista, insieme ai due sbarcati, prese a caricare i borsoni nel bagagliaio quando all'improvviso, comparvero diversi uomini, armati e travisati con passamontagna che li bloccarono, facendoli sdraiare per terra.

I borsoni contenevano cocaina di buona qualità, circa 400 chili, importata dal Brasile. Aprirono i pacchi confezionati e la versarono in mare. Poi si allontanarono svanendo, così come erano comparsi.

Quel carico, già pagato, era destinato alla "famiglia" e loro alleati del calabrese pestato. Ma la cosca non ricevette solo quel danno.

Un mese più tardi, un altro loro carico, venne sequestrato su una barca appena giunta sul litorale di Perpignan e in rapida successione, un altro sequestrato all'aeroporto di Madrid. Una perdita di oltre cinque miliardi di lire. [144]

Milano, aprile[145]

Tox, recapitò a Marco Caelio un'ambasciata della cosca.
Riferì che avevano perso alcuni carichi e pensavano che ci potesse essere un collegamento tra quelle perdite e lui. Tra l'altro, parte di quegli ordinativi li aveva sovvenzionati pure lui in quella che ormai, era una consuetudine dei clan, ovvero di istituire e partecipare alla "colletta" per accumulare la cifra utile all'acquisto della fornitura.

La risposta di Marco Caelio fu categorica: «quando si vengono a richiedere certi "servizi" non è che poi si lascia perdere, o le cose si fanno seriamente oppure non ci si avvicina. Tu lo sai che io, appaio solo ma non sono mai solo, loro dovevano mostrare un po' di gratitudine perché sicuramente, si saranno fatti belli in qualche maniera, alle mie spalle. Non è che uno interviene in una storia di spionaggio e loro pensano che è tutto dovuto. Per ora hanno perso i carichi, a breve, se mi fanno girare le palle, li stermino. Certo che sono stato io, diglielo chiaramente e che mi venissero a cercare.»
Profferì la frase con tale enfasi che Tox strabuzzò gli occhi.
Il suo amico pareva un altro.
«non è che pensi che loro ti stiano proteggendo, fanno gli ambasciatori, i messaggeri, i pacificatori e poi tradiscono, vendono, minacciano, sperando che poi qualcuno gli tolga le castagne dal fuoco, non funziona così e non ti fidare che

---

[144]   Attuale conio circa 2,5 milioni di euro.
[145]   Anno 1992.

questi, ti comprano e ti vendono come ben sai, ora dimmi quanto hai perso in quest'affare e io ti rimborso».

«ho perso un miliardo[146] ma non voglio nulla, ci mancherebbe, d'altronde il "bamboccio" calabrese te l'ho portato io, mi sento responsabile nei tuoi confronti»

«Ma non dire baggianate, responsabile tu, noi siamo amici, avrai il tuo miliardo, non volevo danneggiarti»

Si salutarono con il solito calore e due giorni dopo, presso il garage Tox ritirò un borsone con all'interno la somma in contanti di un miliardo di lire.[147]

La settimana dopo, intorno alla metà di marzo, Marco Caelio, direttamente presso l'agenzia ove era occupato, venne avvicinato da un pseudo giornalista barese, in combutta con vari clan ma anche, si vociferava, con i Servizi[148] il quale, gli chiese un intervento dei "suoi" accentuò, per liberare un peschereccio, bloccato in acque internazionali e poi posto all'ormeggio con tutto l'equipaggio a bordo in un porto libico.

Marco Caelio chiese innanzitutto cosa significava un intervento dei "suoi" e chi lo mandava.

L'altro, senza scomporsi, rispose «cose fatte bene e mi mandano amici e amici. La questione interessa a diverse persone, vedi cosa puoi fare, questa è una scheda riepilogativa di quanto accaduto e segnati ci sono pure i miei riferimenti».

---

[146]   Attuale conio circa 500 mila euro.
[147]   Attuale conio circa 500 mila euro.
[148]   Servizi Segreti all'epoca Sisde.

Nel pomeriggio, nel garage, lesse quella nota, pareva una "velina".[149]

Il mattino dopo, si recò all'aeroporto di Linate ove incontrò un amico, un lontano parente del ras libico[150] al quale chiese chiarimenti in relazione al peschereccio posto sotto sequestro nel porto di Al Khums.

Due giorni dopo, in un bar dello stesso scalo milanese, venne aggiornato sulle condotte libiche in questione, pare non proprio condivise dal ras, poiché lo ponevano in imbarazzo sul piano internazionale ma che a sua volta, doveva mediare con le tribù locali, sempre alla ricerca di legittimazioni e denaro. Ricevute talune assicurazioni, Marco Caelio predispose il suo piano.

Il meteo locale libico prevedeva, nell'area interessata, per un medio/lungo periodo, foschie in tarda nottata, sino all'alba.

Inviò in Libia il gruppo "Agrippa" che doveva verificare la visibilità nelle ore indicate dal meteo e scattare alcune foto del peschereccio italiano bloccato, nonché studiare la metodologia dei controlli nel porto.

Con altri due gruppi si recò in Sicilia, ove noleggiò un barcone e il suo equipaggio, tre marinai di cui uno motorista. Presso un capannone nautico, predispose, con artigiani locali, la costruzione di una finta prua con tanto di luce di segnalamento a intermittenza, alimentata da una pila.

---

[149]   Rapporti sintetici ad uso degli agenti segreti.
[150]   Gheddafi Muammar decaduto e ucciso il 20 ottobre 2011.

Al Khums, fine marzo[151]

Dopo qualche giorno, il manufatto era pronto e venne caricato sul barcone con destinazione le coste libiche.
In aereo, sarebbero stati preceduti dal gruppo "Jack" che si sarebbe congiunto con quello già operativo denominato "Agrippa".

Nella notte, il barcone, complice la fitta foschia, sciò silenziosamente verso il porto guadagnando lo specchio d'acqua ove era ormeggiato lo scafo italiano sotto sequestro, avvicinandolo a poppa e consentendo il trasbordo. Svegliarono l'equipaggio, sette uomini compreso il comandante mentre da terra, il gruppo "Jack" aveva già predisposto i disturbatori delle onde radio.

 Il manufatto, con la luce rossa intermittente di segnalazione azionata, prevista per le barche e alimentata dalla pila, venne installato tra la banchina e il peschereccio, incollato sulla distesa di asfalto e sui lati della massicciata coprendo la vista e lentamente quanto silenziosamente, prima il barcone e poi il peschereccio, si allontanarono guadagnando il largo.

A giorno fatto, i libici si accorsero che il peschereccio era sparito e il manufatto che rappresentava la sola prua, all'altezza dell'ormeggio, fatto di carta pesta e polistirolo.
Non la presero bene, ma Gheddafi, pare, non si sia incazzato e anzi, abbia apprezzato la trovata.

---

[151] Anno 1992.

BROWN (4)
Il "Festino"

Era una bella giornata di aprile.

A Milano splendeva un sole che era un piacere.

Alta, bella e slanciata, trentacinque anni circa anche se la sua carta d'identità, ne dichiarava sei in meno avendola maldestramente modificata.

Si presentava come ristoratrice ma di fatto, era una escort[152] e girava con una decapottabile, acquistata con i proventi della sua "attività" come pure il ristorante gestito dal fidanzato e il bilocale in piazzale Siena a Milano.

Sedette a un tavolino all'esterno del bar di corso Vercelli e nell'attesa, si accese una Muratti aspirandola convintamente.

Aveva cercato quell'incontro a seguito di contatti, avuti con altre persone che lo indicavano come persona affidabile a cui rivolgersi in taluni casi. Era giunta in anticipo di almeno una quindicina di minuti ma non si era accorta che l'uomo, a sua volta, l'aveva già osservata sin dal suo arrivo, sostando sul marciapiedi di fronte, mescolandosi al via vai dei passanti.

La raggiunse al tavolino, si strinsero la mano e non ci fu bisogno delle presentazioni.

Dopo aver ordinato due caffè macchiati, la donna, con fare ricercato, riferì che suo malgrado, temeva, forse per invi-

---

[152] Prostituta di alto bordo.

dia o per "concorrenza" di essere stata oggetto di attenzione da parte di qualche sua "collega" che poteva farla emergere in una indagine a "luci rosse" riguardo a festini con imprenditori, attori, personaggi dello spettacolo e calciatori. La cosa gli avrebbe dato fastidio dato che le sue partecipazioni a queste "feste" erano coperte da massima discrezione e non voleva che il suo nome comparisse sui giornali nel caso l'inchiesta avesse interessato anche la sua persona.

L'uomo, sorridendo, rispose che si sarebbe informato e nel caso, sarebbe intervenuto a sua tutela, ma tuttavia, non poteva escludere che qualche giornalista, indipendentemente dall'inchiesta che si stava sviluppando, avuta la notizia, dato il prurito che suscitava, la pubblicasse con tanto di nomi dei partecipanti ai festini "conditi" dall'organizzatore con bella musica, belle donne e cocaina e che tra gli altri, ci mettesse anche il suo nome. Avrebbe fatto il possibile rassicurò e si congedò.

Con un rapido giro di telefonate e un paio di incontri, apprese tutti i particolari dell'inchiesta che, in parte, era già stata depositata sul tavolo di un magistrato in Procura.

Ebbe conferma che tutti i nomi, sia degli indagati che dei partecipanti venivano secretati ma conoscendo i meccanismi e la voglia di notorietà di taluni ambienti, non vi fece molto affidamento e allora si adoperò per far stornare il nome della donna dal fascicolo originario, quello degli investigatori che si stavano occupando del caso, pur segnalando di lasciarlo trascritto in una separata nota, nel caso future evenienze lo facessero riemergere.

Alla attenta verifica però, venne constatato che quel nome non compariva nelle carte e nelle deposizioni, quindi di fatto nessuno lo aveva menzionato.

Verso la successiva seconda metà del mese, nel pomeriggio, si rivide con la donna in un bar di corso Marghera.
Ordinarono due aperitivi analcolici alla frutta e sorseggiando, la ragguagliò comunicandole che salvo improbabili concause, lei era fuori dall'indagine.

Lo disse con il chiaro intento di far intuire alla donna che era stato il suo "intervento" a risolvere la questione e la ragazza, appresa la lieta notizia, deglutì più volte e con uno smagliante sorriso, strinse le mani dell'uomo a mò di ringraziamento.

Ma lei sapeva che non poteva bastare la semplice stretta di mano. Escluso il particolare che poteva offrire del denaro o concedersi sessualmente a titolo di compensazione, si disse disponibile a fornire una "notizia" . L'uomo raccolse l'offerta.

«A primavera inoltrata e sino a tutta la fine dell'estate» prese a dire la donna «un importante manager della moda che vive sei mesi a Milano e sei mesi all'estero, organizza delle feste con l'aiuto di alcuni suoi amici o amiche, tra cui anche un paio di escort di sua fiducia. Queste feste, molto ambite, alcune sono diciamo "regolari" altre molto esclusive e trasgressive e si accede solo con la "parola d'ordine" che viene comunicata agli invitati poco prima dell'inizio delle "danze" e a volte, viene anche modificata in corso di svolgimento. La location è un super attico in zona Bastioni di

Porta Venezia, con i locali dislocati a forma di ferro di cavallo con nel mezzo, un'ampia terrazza con piscina, casa che condivide con la madre che nell'occasione, si trasferisce in una loro casa al lago. Le feste, durano un intero week end, con inizio nel pomeriggio del venerdì e terminano nella tarda nottata della domenica successiva. Per l'occasione, viene allestito un ricco e ricercato buffet, rifornito da un catering. Tramite le sue fidate "amiche" vengono ingaggiate una ventina di ragazze "immagine" di fatto quasi tutte escort, alcune anche di colore, informate qualche giorno prima con un passa parola. A volte è capitato che vi erano presenti anche alcuni trans. Il compenso per tutte è di cinque milioni di lire[153] pagato a fine evento e prevede la totale disponibilità verso gli invitati di ambo i sessi. Si giunge a inizio pomeriggio e si indossano gonne succinte o abitini molto leggeri, senza biancheria intima e si resta in quella mise per tutta la durata della festa. Il superfluo, comprese le borsette, viene fatto depositare nel guardaroba all'ingresso insieme ai telefonini. In piscina, si entra solitamente nude o al massimo in topless. La lista invitati invece, la redige lui stesso insieme ai suoi amici e comprende diversi uomini ma anche delle donne, per lo più modelle o pseudo tali, che comunque, da quello che mi hanno riferito, non disdegnano all'occasione il "regalino" sempre di alcuni milioni.[154] Insomma delle ragazze diversamente "escort".

L'ampio salone è il punto d'incontro dei presenti, dove si balla, si consuma il cibo del buffet o si conversa seduti su comodi e ampi divani. Alcune stanze della casa sono di libero accesso, arredate con comodi divani o letti alla francese, sui cui comodini o tavolini, sono presenti coppe argenta-

---

[153] Attuale conio circa 2.500 euro.
[154] Trattasi di lire quindi del vecchio conio.

te o dorate piene di profilattici insieme a dei vassoi ricolmi di ottima cocaina colombiana. Tutti possono vedere quello che accade e a nessuno è precluso nulla.
Gli invitati, anche di varia notorietà, incominciano a giungere nel tardo pomeriggio e si fermano o si alternano per l'intero weekend accedendo grazie alla "parola d'ordine"».

Per tutta la durata del racconto, aveva osservato le espressioni del viso della donna che spesso si incupiva, ponendo attenzione sui particolari riferiti e si mostrò interessato alla vicenda.

La donna si congedò con l'intesa che avuta notizia della prossima esclusiva festa a cui sarebbe stata invitata, avrebbe comunicato i particolari e le modalità di accesso.

Il mercoledì, a cavallo tra la fine di aprile e l'inizio di maggio, la risentì, apprendendo che la festa sarebbe stata organizzata nel prossimo weekend.

Il venerdì seguente, già da dopo pranzo, si appostò in un palazzo di fronte con ottima visuale sul portone d'ingresso dell'abitazione del manager.

Intorno alle 17 incominciò a notare l'arrivo di alcune ragazze, da sole ma anche in due o tre e dopo aver citofonato, fare ingresso nello stabile.
Tra loro, giunta da sola, anche la sua "informatrice" scesa da una decapottabile condotta dal suo uomo o da un amico che subito dopo si era allontanato.
Tra le successive ore venti e le ventidue, notò il giungere di diversi uomini, alcuni anche accoppiati, di età compresa tra

i 30 e i 60 anni che alla spicciolata, fecero il loro ingresso.
Per molti di loro la destinazione era sicuramente l'attico.

La conta tra le ragazze che avevano varcato l'ingresso prima e gli invitati dopo, doveva aggirarsi sulle cinquanta persone ma non poteva essere certo che tutti coloro che erano entrati nel palazzo, fossero diretti all'attico poiché vi erano anche gli altri residenti.

Avrebbe atteso notizie dal suo "cavallo di Troia" e poi si sarebbe comportato di conseguenza. Bisognava solo essere pazienti.

Per tutta quella notte e la giornata del sabato, non accadde nulla. Nessun messaggio, nessuna comunicazione.

Finalmente, nella tarda serata a cavallo tra il sabato e la domenica, giunse l'atteso sms che diceva "Asso".

Si recò nei pressi dello stabile e attese.

Intorno alle ore tre giunsero diverse auto e un paio di furgoni da cui scesero molti uomini e alcune donne.

Alla risposta un po' sbiascicata del citofono, venne risposto "Asso".

Il portone si aprì e fecero il loro ingresso nello stabile e pochi minuti dopo, irruppero nell'attico.

Vi fu un fuggi fuggi generale ma nessuno riuscì a sottrarsi al controllo, compreso il proprietario e altri, trovati nascosti anche in armadi o dietro ai divani.

Vennero identificate 71 persone di cui ventisette uomini, tre transessuali e quarantuno donne. Tra i presenti, un calciatore, un giornalista e alcuni personaggi dello spettacolo.

Nelle coppe, sparse nelle stanze, vennero rinvenuti diversi profilattici e nella spazzatura anche numerosi involucri di quelli già utilizzati ma, nessuna traccia di droga nei vassoi.

Erano riusciti a farla sparire versandola nei water o nei lavandini o più probabilmente, se l'erano già fatta tutta.

Il proprietario, denunciato solo per l'ipotesi dei reati di favoreggiamento della prostituzione e rumori molesti.
Gli altri presenti identificati ed invitati ad allontanarsi.

Informato dell'esito dell'operazione sorrise.
Pensò che la sua "informatrice" avesse fatto il doppio gioco ma non la prese male, poteva starci. D'altronde pensò è una "zoccola".

Si allontanò alle prime luci dell'alba, con un fresco vento alle spalle, quasi un anticipo che preannunciava l'arrivo della prossima estate.

AGGUATI

Intanto Tox, più o meno nello stesso periodo, stava trattando con i fratelli Palumbo[155] di Cinisello Balsamo la cessione di un ingente quantitativo di armi e gli accordi, li prese con il fratello maggiore Matteo, l'elemento più rappresentativo di quel clan di origine pugliese.

Il ritardo nella consegna, creò una frizione tra loro e Tox, si era determinato a eliminarlo predisponendo le armi e un'auto rubata.

I catanesi, informati dell'accaduto, mediarono tramite il napoletano Tonino[156] poiché in "affari" con i pugliesi, in grado di poter fornire mille chili di pasta di coca che sarebbe stata raffinata da un loro chimico avendo già a disposizione l'etere.
Inoltre i Palumbo, avevano già consegnato ai siciliani, a credito, droga per oltre 300 milioni di lire.

Alla fine di aprile, vennero consegnate le armi e il piano di uccisione rientrò.

Milano, inizi di maggio[157]

Il pomeriggio del due maggio, in via Palmanova, nei pressi della bisca a "cielo aperto" venne ucciso Alfio Trovato,

---

[155] Matteo, Cosimo e Damiano narcos di origine pugliese originari di Manfredonia.
[156] Antonio Schettini braccio destro di Franco Coco Trovato alleati con Jimmy Miano.
[157] Anno 1992.

uomo di fiducia di Jimmy Miano. Un altro catanese, Carmelo Natoli, rimase ferito.[158]
Il boss, latitante in Francia, rientrò immediatamente e sulla base di quello che gli riferirono, ritenne responsabili dell'agguato i fratelli "Palumbo" di Cinisello Balsamo.

L'unica cosa reale era che i tre fratelli, da settimane, richiedevano ai catanesi di onorare il loro debito contratto per la fornitura di droga non pagata. Non avevano nulla a che fare con l'omicidio ma qualcuno della cosca, additandoli, voleva evitare il pagamento, come già avvenuto in altre svariate occasioni.

Miano, diede credito a quelle accuse e sancì la loro eliminazione, con incarico affidato al suo killer, Luigi Di Modica.
A sua volta il boss lecchese Franco Coco Trovato, pur non apparendo molto interessato alla questione, diede il proprio assenso all'omicidio, disponendo che il suo braccio destro Tonino e Tox, affiancassero il Di Modica.

Tox, intuite le reali dinamiche, ritenendo che i debiti andavano pagati, memore di quello che era accaduto con l'uccisione dei turchi e della batteria di Ercole Viganò, schifato, fece pervenire un messaggio a Matteo Palumbo, invitandolo ad allontanarsi dalla zona.

Non condivideva quella linea di pensiero e i loro atteggiamenti non gli piacevano, prese ad allontanarsi da personaggi equivoci e pessimisti, sempre alla ricerca di un "nemico" e perennemente a bolletta.

---

[158] Delitto verificatosi il 2 maggio 1992 nei pressi della bisca clandestina di via Palmanova.

Di Modica, molto indisciplinato, aveva preso a cercare Matteo Palumbo anche da solo, creando allarmismi inutili e facendo correre all'impazzata, a qualunque orario del giorno e della notte, i suoi uomini, quelli del napoletano e dello stesso Tox.

Più che la presunta vittima, vedeva i fantasmi. In varie occasioni fu proprio Tox a riprenderlo invitandolo a darsi una calmata.

Per porre fine a questi isterismi, fece sapere a Cosimo e Damiano Palumbo che il fratello Matteo non correva più alcun rischio e poteva rientrare.

Nonostante ciò, prese a snobbare gli incontri con i catanesi, non presentandosi o cercando scuse più o meno plausibili.

E difatti i siciliani, non riuscivano a localizzare il loro obiettivo e a concretizzare nulla.

Intorno alla prima metà di maggio, mentre stava rientrando a casa alla guida della fiammante Renault Clio appena ritirata, nel cercare un parcheggio, notò una Fiat Croma in sosta, con i sedili anteriori un po' reclinati e lo sportello guida parzialmente aperto.

Vide solo una testa, quella del conducente ma quando con l'arma già in pugno, tentò di avvicinarsi, l'auto ripartì velocemente e ne comparvero altre due. Dedusse che lo stessero aspettando.

Telefonò immediatamente a Mario Sarlo[159] per chiedergli di raggiungerlo con altri uomini della loro batteria e portargli il borsone con le armi ma questi non rispose.

---

[159] Fratelli Sarlo di Cusano Milanino suoi soci e organici al medesimo clan.

All'indomani, lo stesso si giustificò dicendo che era "impippato"[160] e non aveva sentito il telefono.

Tox esternò i suoi timori ma venne rassicurato. Nessuno voleva ucciderlo.

Milano, 15 maggio

Alcune sere dopo, Tox, si recò a cena al ristorante "il Portico" di Airuno, locale di Franco Coco Trovato, insieme alla sua compagna e due suoi sodali, accompagnati a loro volta dalle rispettive donne.

Raccontò a Coco e al suo braccio destro Tonino dell'accaduto e il boss, gli raccomandò di stare attento.

In ossequio alla raccomandazione ricevuta, nel fare rientro, decise di disgiungere le donne dagli uomini e quindi, lui e i suoi due amici presero posto sulla Renault Clio mentre le donne, sull'altra auto, una Fiat Regata.

Giunsero in un piano bar di piazza Greco a Milano ove trascorsero il seguito della serata, raggiunti nel contempo da Mario Sarlo e la sua compagna, con cui aveva avuto una precedente comunicazione telefonica.

Invitato fuori dal locale per tirare un po' di coca, Mario Sarlo gli chiese se era armato e lui rispose di no. Quella domanda gli parve strana, anomala, fuori dal contesto ma non disse nulla.

---

[160] Fatto di cocaina.

A notte fonda, nell'uscire, adottò le medesime cautele, ovvero gli uomini sulla Renaul Clio guidata da lui, le donne sulla Fiat Regata.
La Mercedes di Mario Sarlo affiancò la Renault Clio ancora posteggiata e gli disse «andiamo al chiosco» inteso quello di Melchiorre Gioia.

Tox fece un cenno con la testa e gli segnalò di stare attento all'auto ferma all'incrocio, distante una ventina di metri.
Era una Fiat Croma.
Sarlo rispose «non ti preoccupare» e partì.

Appena la Mercedes ebbe superato l'incrocio, l'uomo seduto al posto guida della Fiat Croma, senza scendere, sporgendosi con il corpo fuori dal finestrino e con l'arma impugnata a due mani, iniziò a sparare all'indirizzo della Renaul Clio.

Tox, urlando «attenti è un agguato» inserì la retromarcia, speronò la Regata dietro e riuscì a partire con una veloce manovra a U sottraendosi ai proiettili che sforacchiarono la carrozzeria in più punti. Ne uscì illeso ma aveva riconosciuto lo sparatore. Era il catanese Di Modica. [161]

Ricoverò l'auto bucherellata in un box e nella tarda mattinata, la fece sparire schiacciandola in uno sfasciacarrozze.

La prima persona che interpellò telefonicamente fu il suo amico e socio Mario Sarlo il quale, con tono incerto, aveva risposto che aveva la radio accesa che copriva i rumori ma

---

[161] Di Modica Luigi – poi divenuto collaboratore di giustizia.

la sua ragazza si era accorta di qualcosa. Mentiva. Aveva fatto lui da "gancio" per i catanesi.

Espresse a Tox propositi di vendetta ma lui gli disse di lasciar perdere, avendo intuito che era uno dei basisti dell'agguato, ripassando mentalmente la serata, le domande che aveva posto, i comportamenti, i movimenti.

Telefonicamente, per tutta la mattinata, Tonino il napoletano, aveva cercato di calmarlo, dissuadendolo da azioni violente contro i catanesi, assicurando che avrebbe chiesto un chiarimento.

Tox, conosceva le dinamiche criminali e sapeva perfettamente che Di Modica non avrebbe mai potuto sparargli senza l'assenso dei boss.

Era solo un esecutore, una mezza figura come altre volte lui stesso era stato. Gli vennero alla mente i tanti fatti e misfatti, le parole del fraterno amico De Vitis e di Marco Caelio, da cui si precipitò nel primo pomeriggio. Si videro al garage e poi si spostarono in strada.
Era parecchio agitato ma cercò di mantenere la calma.
Gli riferì dell'agguato subito e che in serata, Tonino, il braccio destro di Coco, aveva organizzato una cena con Di Modica per chiarire la vicenda. Non era escluso che intervenissero anche lo stesso Coco Trovato e Jimmy Miano.

Marco Caelio si offrì di fargli da copertura se l'avesse informato in quale ristorante si sarebbe tenuto l'incontro e Tox lo abbracciò ringraziandolo, rispondendo che gli avrebbe fatto sapere.

Subito dopo mise in allarme tutti i suoi uomini e attese una chiamata che non giunse.

L'amico aveva intuito che voleva sfruttare l'occasione per colpirli e non gli riferì il luogo dell'incontro che avvenne in un ristorante di Limbiate, ove Coco appianò la questione decidendo che Tox e Di Modica, insieme, si sarebbero occupati dell'omicidio di Matteo Palumbo, sancendo una riconciliazione tra i due.

Milano, 21 maggio

Poco prima delle quattro del mattino, tre persone uscirono dallo stabile di via Soperga ove in un appartamento nel seminterrato, i catanesi avevano allestito una loro bisca.

Sul marciapiede si salutarono e il più giovane dei tre, con in mano una valigetta contenente l'incasso, si diresse verso una Fiat Croma parcheggiata nei pressi salendovi a bordo e imboccando la circonvallazione interna per giungere in una via trasversale al ponte della Ghisolfa.
Parcheggiò e stava per scendere, quando venne "infiammato" dalle scariche calibro 9 eruttate da un mitra M12.

Il sicario, ignorò la valigetta e risalì sulla Lancia Delta scura che intanto si era avvicinata, dileguandosi.

Marco Caelio lesse la cronaca e apprese che un biscazziere era stato ucciso in nottata. Non era Luigi Di Modica che solitamente passava a ritirare gli incassi ma un suo amico a cui aveva prestato l'auto. Masticò amaro e arrotolò il quotidiano, lanciandolo nel bidone della spazzatura.

Capaci, 23 maggio

Terribili notizie giunsero dalla Sicilia.
Falcone, la moglie e l'intera scorta, sterminati in una strage
da un attentato sull'autostrada. La lotta frontale della mafia
allo Stato.

Cinisello Balsamo, 30 maggio

In serata, in strada, scattò l'agguato contro il pugliese Matteo
Palumbo mentre era in compagnia di altre persone.

A sparare, a casaccio e nel mucchio, proprio Di Modica che
ferì la vittima designata ma uccise una persona nei pressi, Alfonso Veggetti e ferendo anche due suoi complici, Antonino
Maccarone e Placido Minutolo, colpiti dal fuoco "amico".

Tox, avrebbe dovuto stare nelle vicinanze ma si tenne distante, fungendo da copertura anche per evitare che nella
foga, visti gli accadimenti di qualche settimana prima, il
killer catanese sparasse pure a lui.

Poco dopo, a Bollate, Di Modica si ricongiunse a Tox e Tonino il napoletano, a cui riferì l'esito degli avvenimenti
confermando di aver ferito anche i suoi compari. Un'azione
da vero incapace ebbero a pensare Tox e il napoletano.

Più o meno alla stessa ora, il latitante Jimmy Miano usciva
dalla sua abitazione in via Sismondi a Milano e saliva su
una Fiat Tipo che venne immediatamente bloccata trasver-
salmente da una Y10 con due persone a bordo, un uomo e
una donna.

Innestò la retro notando un' altro mezzo che stava cercando di bloccarlo da dietro, cambiò marcia, speronò l'auto davanti fuggendo, mentre gli venivano sparati contro diversi proiettili che lo colpirono ferendolo ma che non arrestarono la sua fuga.

Milano, 31 maggio

Di Modica, Tox e Tonino il napoletano, dopo essersi consultati, all'oscuro di quanto avvenuto poc'anzi, decisero di recarsi dal boss catanese Jimmy Miano per informarlo degli accadimenti e si diressero in via Sismondi a Milano.

Tox e il napoletano scesero e citofonarono più volte, senza ottenere risposta.

Mentre stavano risalendo sulla loro auto con Di Modica rimasto al posto guida, vennero circondati da uomini in borghese che imbracciavano dei mitra. Erano poliziotti.

Il mattino dopo, Jimmy Miano, a seguito delle ferite riportate, si ricoverò all'ospedale di Napoli ove venne arrestato ponendo fine alla sua latitanza.

Palermo, 19 luglio

Ancora una strage in Sicilia.

Questa volta la "vampata" aveva avvolto il magistrato Borsellino e quasi tutta la sua scorta. Un altro atto scellerato della lotta mafiosa allo Stato.

Asinara, 21 luglio

Il detenuto tranese al 41bis Salvatore Annacondia, inizia il suo percorso di collaborazione attribuendosi settantadue omicidi.

Lecco, 31 agosto

Nella pizzeria "Wall Street" viene arrestato Franco Coco Trovato in esecuzione a un ordine di carcerazione emesso dalla magistratura foggiana.

NARCOS

Il 1992 era stato l'anno degli agguati e di una prima resa dei conti tra Stato e malavitosi.

I due più potenti boss della malavita nordica, Jimmy Miano e Franco Coco Trovato erano stati arrestati e con loro, numerosi sodali delle varie "batterie" criminali.

Le cosche, con i capi nella maggior parte dei casi in fuga, erano allo sbando.

I trafficanti turchi e colombiani avevano necessità di smaltire i carichi di eroina e cocaina a cui si aggiungevano gli asiatici e i nordafricani, produttori e distributori di hascisc e marijuana. Ricucire la rete di contatti e distribuzione non era semplice, con decine di arresti all'ordine del giorno.

Milano, 7 settembre 1992
Marco Caelio venne contattato da un suo amico che da tempo, si era trasferito in sud America, venendo in Italia una o due volte l'anno.

Era un grossista export di carni macellate, prodotte in quei territori e poi vendute alla rete italiana di distribuzione collegata a numerosi supermercati.

Pranzarono insieme in un rinomato ristorante di viale Montenero e tra i vari argomenti, l'amico gli prospettò un viaggio a Panama, ove gli avrebbe presentato delle persone interessate a conoscerlo.

Era chiaro che l'invito preludeva a degli "affari" in cui voleva coinvolgerlo e Marco Caelio assentì.

Panama, 3 ottobre

Prese alloggio nella suite di uno dei migliori alberghi della città, prenotata dall'amico grossista.

I primi due giorni li trascorse con lui intrattenendosi nella capitale o nelle immediate vicinanze mentre al terzo, di buon'ora, si recarono a "El Porvenir " una piccola località marittima.

In un tipico ristorante, costruito in legno direttamente sul mare, incontrarono una coppia dalle caratteristiche somatiche proprie delle popolazioni locali ma dichiaratisi statunitensi.

L'uomo, sulla cinquantina, bassotto e tarchiatello con spioventi baffi, la donna, sui trentacinque anni, mulatta, non molto alta ma con un fisico snello e slanciato, con una capigliatura da leonessa, riccia, nera e folta.

Mentalmente, Marco Caelio intuì che quei due, non erano marito e moglie. Non parevano amalgamati ma non disse nulla e difatti, all'atto delle presentazioni, il grossista asserì che erano due agenti speciali della DEA di Miami, distaccati, al momento, nel territorio panamense.

La donna, Graciela Franjo, parlando un comprensibile italiano con masticato idioma ispanico, entrò subito nel vivo dell'argomento, riferendo che da diversi mesi seguivano i movimenti di alcuni "diplomatici" dei cartelli della droga più importanti del mondo, personaggi che avevano già tessuto le tele del traffico di cocaina in Nord America e che ora, stavano rivolgendo la loro attenzione all'Europa e in particolare all'Italia, con l'intento di colonizzarla.

«Ne abbiamo parlato alcune settimane fa con il suo amico macellatore, richiedendo se poteva porci in contatto con qualcuno in grado di fornirci un sostanziale supporto, in caso di azioni in Italia o più generalmente in Europa e lui, ci ha portato lei che magari potrà confermare o meno tali disponibilità. Nel caso ci siamo fatti una mangiata e amici come prima oppure, potremmo pianificare una collaborazione più proficua per lei e l'agenzia che rappresentiamo. Ovviamente noi disponiamo di un nostro ufficio in Italia ma le eventuali azioni, dovranno essere ritenute extra governative e assolutamente riservate per non dire segrete. Le diciamo anche che abbiamo avviato contatti con un italiano[162] di stanza a Barranquilla, ricercato nel vostro Paese, plenipotenziario di Pablo Escobar ma ha rifiutato l'offerta e infatti, abbiamo in mente di catturarlo».

Marco Caelio, dopo aver ascoltato attentamente, prese la parola.«non entro nel merito di catture o cose simili, non voglio né ingigantire né sminuire la mia persona, ma credo che in Italia, potrei fornire il mio apporto per intercettare grossi carichi di stupefacenti e magari colpire anche la rete degli ordinativi. Mi muovo in ambiti un po' paludosi e se ho capito, il mio contributo sarebbe occasionale, cioè circoscritto a una o più precise operazioni.»

«Ha capito bene» riprese la donna, «vogliamo stroncare sul nascere la possibilità di un grosso stoccaggio ma l'opera-

---

[162]   Paolo Refe, narcotrafficante internazionale legato al cartello di Medellin – deceduto.

zione, prevede una parte ufficiale e un'altra "ufficiosa". Noi vogliamo innanzitutto il materiale umano da trasferire a Miami davanti a una Corte, sulle modalità ci pensiamo noi. Intanto accogliamo la sua disponibilità, poi step by step, vedremo come gli eventi si combineranno. Escobar non è l'unica risorsa in tema di produzione e distribuzione, ora è parecchio in difficoltà e ci sono cartelli colombiani, centroamericani e messicani ancora più agguerriti pronti ad addentare la polpa e vogliamo evitare che diventino altrettanto grandi e potenti. Il nostro intento è colpire chi organizza e tratta, ovvero i così detti "colletti bianchi" dei narcos, quelli che non si sporcano ma che decidono veramente, con l'assenso o meno dei loro capi.»

Marco Caelio assentì e insieme all'amico, venne salutato calorosamente dai due agenti speciali che subito dopo, si congedarono allontanandosi con un potente fuoristrada.

Nel tragitto di rientro lui non parlò ma il grossista, quasi a leggergli nel pensiero, gli disse che lui non era della DEA e che forniva il suo contributo a titolo di cortesia.
Gli credette poco ma sorrise rispondendogli «non sarai della DEA ma magari sei dell'FBI o della CIA.»
«I primi forse, i secondi mai» fu la risposta laconica dell'amico, chiudendo l'argomento.

Barranquilla, 9 ottobre

Vi giunse in aereo prendendo alloggio in un prestigioso albergo della città colombiana.
Nel pomeriggio, nella hall dello stesso albergo, incontrò un italiano di origine calabre, in continuo movimento tra Me-

dellin, Calì e il Canada con il quale consumò un fresco aperitivo analcolico alla frutta.

L'argomento erano gli hub di stoccaggio nei Paesi africani, tappe intermedie per i carichi su nave da smistare in Europa.
Un colloquio durato all'incirca due ore e concluso con un sentito abbraccio tra i due.
Il giorno dopo si recò a Cartagena de Indias ove si fermò qualche giorno per visionare alcuni immobili per poi rientrare a Panama, in aereo.

San Juan Portorico, 17 ottobre

Giunse in tarda serata e con un taxi, si fece condurre in un resort sulla costa ove prese alloggio, dichiarando che si sarebbe fermato all'incirca una settimana.

Sulla spiaggia, spesso incontrava altri italiani, turisti o che si erano trasferiti sull'isola, con cui conversava amabilmente.
Con uno di questi, originario del napoletano, prese più confidenza richiedendogli se poteva adoperarsi per affittare o acquistare appartamenti di pregio e se nel caso, procurare delle armi automatiche.

Il campano rispose che si poteva fare e concordarono alcune trattative.

San Josè Costarica 3 novembre

In un lussuoso quanto esclusivo caffè della capitale, si ritrovò a sorseggiare un nero caffè tipicamente italiano con Graciela Franjo, l'agente speciale della DEA.

Con lei prese a conversare e passeggiare, per poi accompagnarla all'albergo ove alloggiava. Poco più tardi, anche lui prese una stanza nel medesimo albergo.

Malaga, 7 dicembre

I due si rividero in Andalusia, dopo una serie di telefonate in cui Marco Caelio veniva ragguagliato circa gli sviluppi. All'incontro, la donna si presentò con altri due suoi colleghi e due agenti della narcotici spagnola.

Riferì che tre personaggi, un colombiano, un panamense e un messicano, referenti finanziari di altrettanti cartelli, alleati nei traffici, erano già in Andalusia per concordare lo spostamento di un enorme carico di cocaina che, dalla base logistica, sarebbe poi stato smistato in tutta Europa.
I tre, seguiti costantemente, stante alle loro informazioni, erano in procinto di spostarsi a Barcellona, ove avrebbero incontrato degli italiani con cui stabilire le modalità di sbarco sulle coste, presumibilmente quelle toscane, liguri o calabre.
Marco Caelio si attivò, trasferendo alcuni suoi uomini nella città catalana, preavvisando gli altri di stare in allerta.

Barcellona, 17 dicembre / 3 gennaio 1993

Marco Caelio, stabilmente, si era insediato insieme ai suoi, in alcune pensioni a basso costo e utilizzando autovetture utilitarie, prese in affitto.

I tre narcos, di età compresa tra i cinquanta e i sessanta anni, erano stati localizzati in tre diverse strutture alberghiere e i loro spostamenti, osservati e studiati in ogni particolare.

Tra le persone incontrate, cittadini spagnoli, alcuni connazionali e qualche italiano.

Il 3 gennaio, i tre "latinos" si imbarcarono sul traghetto Barcellona/Genova per proseguire sino a Milano, con un'auto noleggiata al loro arrivo al porto e guidata dal colombiano.

Milano, 5 gennaio

Presero alloggio in un hotel stellato nella zona della stazione centrale e la sera, in un ristorante di corso XXII Marzo, incontrarono due italiani entrambi di origine calabrese a cui si aggiunse, poco più tardi, un altro commensale di origine pugliese, malavitosi operanti nell'alto milanese, con agganci e alleanze nel reggino e nella piana di Gioia Tauro.

Intorno alla mezzanotte rientrarono ma si rividero con lo stesso terzetto all'indomani, al bar dell'hotel per poi intrattenersi nella hall e poco più tardi, nella locale spa[163] uscendone praticamente all'ora di pranzo, consumato nel ristorante dell'albergo.

Nei giorni a seguire, i tre latino americani fecero praticamente i turisti, senza incontrare nessuno sino alla sera del 9 gennaio, quando in un ristorante di Porta Genova, incontrarono uno dei due italiani di origine calabra, insediato nel comasco.

Il giorno successivo si imbarcarono sul volo Milano – Madrid da dove proseguirono per Caracas.

---

[163] Centro benessere.

Miami, 17 gennaio

L'agente speciale Graciela Franjo, informata tempestivamente circa gli sviluppi e gli spostamenti , comunicò a Marco Caelio che il terzetto dei "diplomatici" narcos era giunto a Caracas proseguendo per Panama, spostandosi successivamente a Città del Messico e qualche giorno dopo, a Miami.

A suo avviso, erano pronti per la spedizione del "carico" navale da stoccare in un porto europeo, non escludendo, che la "merce"[164] era già depositata in un porto atlantico intermedio, probabilmente in Africa.

Lo invitò a ricercare, in Milano e zone limitrofe, un cittadino colombiano che avrebbe potuto dare supporto all'intera operazione dei narcos, fornendo i suoi dati e indicazioni sommarie per il suo rintraccio.

Milano, 23 gennaio

Quel sabato, Marco Caelio riunì i suoi uomini per fare il punto della situazione posto che, partiti i narcos latino americani, avevano continuato a seguire i movimenti dei due calabri e del pugliese.

In particolare, quello del comasco, originario di Gioiosa Jonica, si era recato nella terra natia ove aveva intrattenuto relazioni con alcuni esponenti delle famiglie malavitose del reggino jonico e della piana per rientrare a Perticato[165] ove risiedeva, la sera precedente.

---

[164] Carico di cocaina.
[165] Frazione di Mariano Comense (CO).

Intanto, le ricerche del colombiano segnalato dalla DEA erano risultate infruttuose.

Il giorno dopo, domenica, da Miami, giunse lo stop alle operazioni, in attesa di sviluppi.

Milano, 7 febbraio

L'amico grossista si rifece vivo, comunicando che a breve vi sarebbero state delle novità, invitando Marco Caelio a stare all'erta.

Esperto in movimento merci, in quel momento era in Africa, ove aveva seguito gli spostamenti di una nave mercantile, giunta dal porto di Santa Marta nei Caraibi e già ripartita, diretta a un porto atlantico, in terra spagnola o portoghese. La denominazione dello scafo, era stata modificata, onde evitare il riconoscimento.

Marco Caelio assicurò il proprio interesse ma di fatto, non si mosse. Voleva attendere gli sviluppi prima di agitarsi. Ma non ci volle molto.

Qualche giorno dopo, uno dei suoi, casualmente, in un autogrill sul tratto Milano – Bologna, aveva notato il calabro di Gioiosa Jonica che mentre beveva un caffè, conversava telefonicamente con un'altra persona, forse una donna, a cui aveva riferito, con enfasi, che stava scendendo giù[166] per un affare grosso grosso, enorme.

Ingolosito, aveva predisposto l'invio in Calabria di alcuni

---

[166] Riferimento alla Calabria.

suoi uomini per attenzionare da vicino il malavitoso, facendoli alloggiare in case private dei paesi della Locride presentandosi per operai di una società che dovevano allestire una rete per la telefonia mobile.

E non sbagliò, perché il calabro, nel giro di qualche giorno, ebbe diversi incontri a Reggio Calabria, Siderno e Roccella Jonica, con esponenti delle cosche 'ndranghetiste della zona ma anche con qualche professionista, in odore di massoneria. Insomma, l'uomo si stava muovendo bene.

In particolare, nei giorni a seguire, si era accompagnato spesso con un boss di Reggio e un altro della zona di San Lorenzo ma spesso notato ad Africo, evitando gli altri interlocutori relazionati precedentemente. Evidentemente, con questi, aveva raggiunto un accordo ma sapere quale, sarebbe stata un'impresa.

Preventivamente, chiese ai suoi di ricercare delle cantine da affittare possibilmente in luoghi poco frequentati e dopo qualche giorno, scese anche lui insieme a tutti i suoi uomini.

Costa dei Gelsomini, 17 febbraio

La mattina di quel mercoledì, in località Marina di Sant'Ilario, visionò gli scantinati di un palazzo sulla statale, praticamente disabitato data la stagione, di fronte al mare ma con un'altra uscita sul retro in direzione dell'abitato, con un enorme scantinato, suddiviso in parte da tramezzi ma senza porte.

Dovevano essere, nella mente del costruttore, delle cantine ma non erano state ultimate. C'era la corrente e l'acqua ma nessuna lampadina e si poteva arrivare direttamente con i mezzi, perché era sul piano stradale.

Andava bene e lo prese, motivando l'utilizzo per il deposito dei materiali, con molta gratitudine dell'intermediario che senza contratto e senza limitazioni di tempo, si vide elargire una somma superiore a quella che lui avrebbe richiesto.

Ai suoi del gruppo "Jack" disse di approntare il luogo con qualche punto luce in più, lampade e qualche canna per l'acqua.

Nelle sue intenzioni, voleva "sequestrare" il calabro comasco, per farsi dire quali intenzioni aveva ma prima di muoversi, doveva apprendere gli sviluppi che il suo amico grossista gli aveva garantito di riferirgli.

Miami, 21 febbraio

Nel pomeriggio, l'agente speciale della DEA, riferì che il terzetto dei diplomatici "narcos" era in viaggio, diretto in Europa, con ripresa immediata delle operazioni. Non disse nulla della nave e nulla gli venne chiesto.

Roma, 23 febbraio

I tre latinos giunsero a Roma con un volo proveniente da Madrid, ove ad attenderli, trovarono il malavitoso pugliese già conosciuto nei loro trascorsi a Milano.
Con la sua "Jeep Cherokee" li condusse direttamente a Reggio Calabria ove giunsero in serata, circa sette ore dopo, lasciandoli davanti a un albergo sul lungomare della città.
Nella hall, vennero ricevuti dal calabro di Gioiosa Jonica sceso dal comasco e dai due boss con cui negli ultimi tempi

si accompagnava.

L'incontro si limitò ai saluti e l'accompagnatore pugliese si ricongiunse ai calabri allontanandosi con loro.

Costa dei Gelsomini, 24 febbraio

Il mattino dopo il pugliese ricomparve, prelevò i tre latino americani che, senza bagagli, si trasferirono in un albergo di Brancaleone ove erano state prenotate tre camere con vista sul mare.

La sera, vennero condotti dal loro ormai fido "autista" pugliese, in un ristorante di un bellissimo hotel a Marina di Gioiosa Jonica, probabilmente uno dei migliori dell'intera costa, ove incontrarono il calabro comasco originario del luogo e i due boss, suoi privilegiati interlocutori. La cena, dai toni e dai sorrisi reciproci, doveva essere molto conviviale e analogamente i propositi di cui sicuramente discutevano.

Costa dei Gelsomini, 26 febbraio

Graciela Franjo, giunta con un aereo executive, sbarcò direttamente all'aeroporto "S. Anna" di Crotone insieme al suo amico grossista e un'altra mezza dozzina di uomini. Indossava un elegante tailleur colorato con scarpe tacco dodici e borsetta in tinta.

Marco Caelio l'attese nella sala d'aspetto e un suo uomo, indicò i cinque furgoni Van che avevano richiesto, affittati in città il giorno prima.

Per il loro soggiorno, aveva predisposto diverse camere in altrettanti alberghi, sparsi tra Locri e Siderno.

La Franjo invece, la alloggiò in un albergo di Bovalino, poco distante dalla casa che lui aveva preso in affitto nella vicina Bianco.

In serata, a cena, venne ragguagliata sull'esito degli incontri e a sua volta, riferì che la nave aveva attraccato nel porto di Faro in Portogallo ove tutt'ora era ferma e sotto loro controllo ma che non avevano notizie sulla collocazione del carico. Poteva essere ancora a bordo oppure essere stato allocato nelle vicinanze. Non lo sapevano.

Marco Caelio, dopo aver calorosamente salutato l'amico grossista, illustrò il suo piano, in cui si giocava il tutto per tutto e la donna, si disse d'accordo.

Costa dei Gelsomini, 27 febbraio

Gli uomini della DEA si aggiunsero a quelli di Marco Caelio, sceso con una ventina di elementi che sommati agli americani, diventavano una trentina con a disposizione una quindicina di mezzi tra furgoni, auto e due moto.

Marco Caelio, alla presenza del suo amico grossista, riunì i suoi uomini ed espose il piano, invitandoli ad armarsi e indossare sempre i giubbetti anti proiettili.

I tre latinos, facevano la spola tra l'albergo di Reggio Calabria e quello di Brancaleone e quel giorno, a pranzo, poco dopo mezzogiorno, si ritrovarono nella sala ristorante di quest'ultimo albergo, di fronte a una spiaggia dorata.

Alla spicciolata, alcuni uomini di Marco Caelio, per un

massimo di due per tavolo, presero posto scegliendo quelli perimetrali ed evitando quelli centrali. Lo stessero fecero un paio di agenti della DEA.

Marco Caelio, con al fianco Graciela Franjo, fece il suo ingresso circa una mezz'ora dopo l'arrivo dei sette uomini, i tre latino americani, i tre calabri e il pugliese, già seduti a un tavolo circolare in fondo alla sala, in una angolazione piuttosto riservata.
Dall'esterno, altri uomini, con delle sofisticate telecamere, riprendevano con lo zoom, l'interno e l'esterno della sala, filmando tutti i presenti, anche quelli in compagnia di mogli e figli o presunti tali. Nessuno escluso, compresi i camerieri.

Intorno alle ore quattordici, i clienti incominciarono a defluire e anche Marco Caelio uscì, accompagnato dalla caraibica agente speciale.
Tutto era predisposto.

Intorno alle quattordici e trenta, il gruppetto si alzò salutandosi con strette di mano e i tre latinos, salirono nelle camere mentre il loro accompagnatore pugliese, rimase davanti all'ingresso, salutando a sua volta i compari calabresi per poi accomodarsi nella jeep, in attesa del terzetto straniero.
Il calabro comasco, insieme ai due boss amici, salì sulla sua auto imboccando la statale e dirigendosi verso sud con previsione di una tappa a San Lorenzo ove il boss reggino aveva lasciato la sua auto.

Dopo qualche chilometro, quasi all'altezza di una pineta, un furgone si immise sulla statale sbarrando la strada e costringendo l'autista calabro a sterzare quasi sullo sterrato per evitarlo ma simultaneamente, un altro furgone affiancò l'auto, costringendola a fermarsi.

Alcuni uomini, con il volto coperto dai mefisto, fulmineamente, li scaricarono e li scaraventarono nei furgoni mentre uno di loro, si mise alla guida dell'auto dei calabri, ripartendo tutti insieme in direzione nord.

Nei furgoni, vennero legati, imbavagliati e incappucciati quindi trasferiti nello scantinato già predisposto, uno per ogni spazio diviso dai tramezzi.

All' incirca un'ora dopo, quasi nello stesso punto, l'operazione venne ripetuta, bloccando la jeep del pugliese che trasportava i latino americani verso Reggio Calabria. Anche loro vennero trasferiti nello scantinato di Marina di Sant'Ilario, in altri spazi tramezzati.
Vennero tutti assicurati a una catena agganciata a degli anelli predisposti appositamente, imbavagliati e con la testa coperta da un cappuccio. Per quel giorno nulla più avvenne.

Costa dei Gelsomini, 28 febbraio

Il mattino successivo, domenica, il primo a essere interrogato fu il calabro comasco, originario di Gioiosa Jonica.
Dopo una "salubre" doccia gelata, alle ripetute domande, rispose che stava solo intavolando degli affari, invocando l'aiuto di suoi "amici" legati ai servizi.[167]

I boss di Reggio e San Lorenzo, inizialmente, si rifiutarono di parlare ma davanti alla prospettiva di essere "trasferiti" ammisero che stavano trattando con i narcos latino america-

---

[167] Inteso Servizi Segreti.

ni ma solo per fornire aiuti logistici in quanto le loro finanze, non avrebbero permesso l'acquisto di enormi quantitativi di cocaina che i tre interlocutori stranieri dicevano di avere a disposizione.

Il boss pugliese, si rese da subito disponibile a una trattativa, dichiarandosi lui stesso un appartenente ai "servizi" a cui era stato introdotto da un giornalista barese, conosciuto anni prima.
Il pensiero di Marco Caelio andò subito al personaggio che lo aveva interessato per una vicenda precedente e difatti, era proprio lo stesso.

Quindi i calabri non avrebbero acquistato diverse tonnellate di droga come avevano richiesto i narcos latinos, ma si sarebbero limitati a far sbarcare il quantitativo sulle coste ioniche reggine, per poi stoccarlo e distribuirlo, incamerando una percentuale.

Tra i tre narcos stranieri, il più collaborativo fu il colombiano, il quale confermò l'arrivo del carico nel porto atlantico e già traslato in tre diversi container di cui uno, destinato all'Italia, grazie alla disponibilità di alcune "famiglie" con cui erano in contatto, chiaro riferimento ai calabri incontrati a Milano e in Calabria.
Aggiunse che loro, avevano problemi a creare una rete autonoma poiché i colombiani di stanza in Europa, in particolare a Malaga e in costa azzurra erano stati quasi tutti arrestati e altri in fuga.

Anche il messicano parlò senza remore, ponendo come condizione quella di non essere consegnato alla DEA e di essere rimandato in Patria, fornendo indicazioni precise sul carico e sulla sua collocazione.

Analogamente, il panamense, riferì dei flussi di denaro e delle banche su cui avevano canalizzato i proventi.

Tutto sommato, avevano circoscritto i temi della trattativa e conosciuto le modalità, potevano essere soddisfatti ma a Graciela Franjo, evidentemente, non bastava.

Costa dei Gelsomini, 1 marzo

Dalla visione dei filmati, emerse chiaro che i boss calabri, non erano soli al ristorante dell'hotel di Brancaleone.

Le riprese avevano immortalato altri malavitosi, legati alle cosche di Reggio, Siderno, Gioiosa e Africo, alcuni dei quali in compagnia delle famiglie. Almeno altri sei, sette elementi, a copertura probabilmente.

La Franjo propose di prendere anche loro ma l'impresa si presentava un po' ardua.

Abitavano in paesi diversi e avevano abitudini diverse, ma l'agente della DEA era irremovibile. Li voleva tutti.

Due vennero localizzati a Siderno, un altro a Samo, un altro ancora a Sant'Agata del Bianco e un altro paio nella periferia reggina.

Costa dei Gelsomini, 3 marzo

Mentre faceva colazione in un bar di Bianco, Marco Caelio notò l'arrivo di due dei soggetti fotografati in precedenza nel ristorante a Brancaleone. Erano rispettivamente quello di Samo e Sant'Agata, due paesini sulle colline di Bianco. Chiamò i suoi che giunsero con tre mezzi poco dopo.

Segnalò i due personaggi che usciti dal bar, stavano percorrendo a piedi il corso. Vennero seguiti e agganciati, ognuno con la propria auto, mentre facevano rientro alle proprie case.

L'ordine era di spaventarli, in maniera che si defilassero facendo perdere le loro tracce per qualche giorno, posto che anche gli uomini della DEA, autonomamente, si erano messi alla ricerca.

Crotone, 5 marzo

Il jet privato executive, si alzò alle prime luci dell'alba, diretto a Faro.

A bordo Graciela Franjo, il grossista e Marco Caelio.
Al loro arrivo, trovarono alcuni agenti della DEA che dalla notte precedente, insieme alle autorità locali, avevano proceduto a ispezionare dei container con rinvenimento di svariate tonnellate di cocaina.

Il controllo, era stato esteso anche alla nave, già sequestrata, con scoperta di qualche quintalata di stupefacente, stornato dal carico dai marinai.

Prassi conosciuta ai trafficanti e agli investitori che mettevano in conto la perdita di qualche "spicciolo" rispetto alla montagna dell'introito. Presso le banche indicate dal panamense, vennero sequestrati i conti.

Il mattino dopo, fecero rientro a Crotone con il medesimo jet. La Franjo nel complimentarsi con il grossista e Marco Caelio, segnalò che la droga sequestrata, aveva un valore di smercio di circa duecento miliardi di lire.[168] [169]

Costa dei gelsomini, 7 marzo

La Franjo, a colazione, ringraziò Marco Caelio per il notevole apporto dato alle operazioni, annunciando che nel tardo pomeriggio sarebbe ripartita per rientrare in sede a Miami.
Con lei voleva condurre tutte le persone "trattenute" ma Marco Caelio diede l'assenso solo per i tre latinos.

Apparve contrariata, asserendo che i calabri, compreso quelli che non aveva preso di proposito – riferendosi ai presenti nella sala ristorante oltre ai boss – andavano tutti processati a Miami.

Marco Caelio rispose che era consapevole di quello che era avvenuto e che non intendeva "graziare" i calabri ma nemmeno condannarli a pene pesantissime, conoscendo i codici americani in tema di traffici internazionali di stupefacenti.

D'altronde ammise, hanno solo trattato ma non finalizzato dato che non disponevano degli ingenti capitali richiesti e questo, poteva bastare per non consegnarli.

Si abbracciarono e si congedarono con la promessa di rivedersi presto in qualche parte del mondo.

---

[168] Nel 1992 un chilo di cocaina all'ingrosso costava circa 35-40 milioni di lire. Al dettaglio lo stesso quantitativo poteva raggiungere un introito di circa 90 milioni di lire.
[169] Attuale conio circa 100 milioni di euro.

Costa dei gelsomini, 9 marzo

A partire dalla mezzanotte, i tre boss calabri e quello pugliese, a brevi intervalli, vennero rilasciati. Le loro auto, vennero fatte ritrovare in un parcheggio, davanti alla stazione ferroviaria di Bianco.

Miami, 14 marzo /3 aprile

I tre latinos, oltre a quello che avevano riferito nello scantinato di Marina di Sant'Ilario, davanti alla prospettiva di una lunga pena, collaborarono e fornirono alla DEA altri particolari utili al sequestro di ingenti carichi, stoccati in varie località sud americane, asiatiche e africane.

Molti conti correnti vennero intercettati e svuotati a favore dell'amministrazione statunitense.

Il 7 di aprile, le cronache internazionali, parlarono sommariamente di un'operazione diretta dalla DEA in collaborazione con varie polizie del mondo e del sequestro di ingenti carichi di cocaina e notevoli somme di denaro scovato nelle casse dei narcos.

Negli articoli, non vi era alcun riferimento alle vicende italiane.

Milano, 17 aprile

Presso l'ufficio postale di via Bonghi a Milano, Marco Caelio ritirò un pacco a lui indirizzato, proveniente da Panama.

Lo attendeva da giorni, come preannunciato da una telefonata del suo amico grossista, in quel momento in Argentina per via del suo lavoro.

Nell'ufficio del garage lo aprì, constatando che conteneva un voluminoso album fotografico.

Al posto delle foto, vi erano dei titoli bancari con cambio al portatore del valore di 100 milioni di lire ognuno.[170] In tutto cinquanta cedole, per un totale di 5 miliardi di lire.[171]

Ne mise una per ogni busta da consegnare ai suoi uomini, ne trattenne tre per sé e le restanti cedole, le ripose in una busta più ampia, depositandola nella solita cassetta alla stazione centrale di Milano.

Qualcuno sarebbe passato a ritirarla, più tardi.

Nel rientrare a casa, alla guida della sua coupè, si ritrovò a pensare che "nulla è come appare".

Barranquilla, 5 maggio

Mercoledì mattina di una bella giornata nella regione colombiana dei Caraibi.

Paolo Refe si affacciò dalla sua terrazza, scrutò la distesa delle acque e ne assaporò la salsedine che leggera, si spandeva.

Uscì in strada ove ad attenderlo c'era l'autista ma di colpo, all'improvviso, venne circondato, sollevato di peso e buttato sui sedili posteriori di un'auto.

Pochi minuti dopo, era su un aereo diretto a Bogotà.

Era stato arrestato e il carcere "La Modelo" lo attendeva.

---

[170] Attuale conio circa 50 mila euro.
[171] Attuale conio circa 2,5 milioni di euro.

Miami, 17 maggio

Marco Caelio, in aeroporto, trovò ad attenderlo la bella quanto affascinante agente speciale Graciela Franjo.
Dopo i saluti e i convenevoli, venne accompagnato al suo albergo.

La sera, a cena, la donna gli chiese di accompagnarla in una missione in Messico, ove avrebbe dovuto prendere contatti con dei narcos locali, desiderosi di affermarsi sul territorio e con mire di espansione negli USA, grazie all'alleanza stretta con alcuni cartelli colombiani.
Marco Caelio, acconsentì.

Reynosa, 19 maggio

Giunsero nella città messicana di frontiera nel tardo pomeriggio e la sera cenarono direttamente in hotel.
Oltre a loro, nel medesimo albergo, vi erano alloggiati una mezza dozzina di uomini che la Franjo si era portata al seguito.

I primi contatti, li prese apparentemente da sola ma con Marco Caelio e gli altri sempre appostati nei pressi, incontrando alcuni giovani boss nella immediata periferia per poi concordare un summit a pranzo, in un ristorante centrale della città per la domenica successiva.

Reynosa, 23 maggio

L'incontro era stato fissato per le ore tredici in punto.
Marco Caelio vi giunse, da solo, una ventina di minuti pri-

ma, prendendo posto a un tavolo lato parete, immediatamente alla destra dell'ingresso.

Poco dopo giunse la Franjo, accompagnata da un taxi, che prese posto a un tavolo centrale della parete opposta, già predisposto con quattro sedie, una per lei che sedette con le spalle al muro, le altre tre per i suoi interlocutori.

Dopo di lei, fecero il loro ingresso quattro uomini, che si disposero due per tavolo, alla destra e alla sinistra di quello occupato dalla donna.

Qualche minuto dopo le tredici, giunsero tre giovani, di età compresa tra i venti e i venticinque anni. Non erano i boss attesi.

Uno di loro si posizionò poco avanti l'ingresso, li altri due si diressero al tavolo della donna, estraendo le pistole.
La Franjo, prontamente si lanciò per terra, mentre i due killer aprivano il fuoco, venendo investiti, quasi contemporaneamente, dai proiettili sparati da quattro revolver, quelli degli uomini alla sua destra e alla sua sinistra.
Il terzo, rimasto davanti all'ingresso, non ebbe il tempo di sparare perché colpito dall'automatica calibro nove di Marco Caelio.
Ferito e sanguinante, barcollando, riuscì a fuggire in strada ma venne inseguito e finito dall'italiano.
Subito dopo, tutti lasciarono il locale rientrando in albergo.
La Franjo, urlando che era stata scoperta o forse venduta, dispose l'immediata partenza.
Marco Caelio, la prese da un braccio e gli mormorò qualcosa all'orecchio, poi si armò con due pistole automatiche e

un mitra, fece un segno a uno degli uomini e con lui alla
guida, salì in auto, in direzione della zona ove la donna aveva avuto i contatti con i narcos.
Davanti a un bar li notò. Erano in tre, quelli che sarebbero
dovuti venire a pranzo. Seduti a un tavolo all'esterno, sgra-
nocchiavano qualcosa bevendo birra, ridendo e parlando ad
alta voce. Parevano tranquilli e spensierati.

L'auto fece un giro lentamente, giunse davanti al bar, si fermò e la portiera posteriore destra si aprì.
Marco Caelio scese imbracciando il mitra e facendo fuoco
sui tre, non risparmiando i tavolini, le sedie, le vetrate e le
insegne.

Risalì e l'auto si diresse direttamente all'aeroporto ove in
attesa vi era un jet privato.
Presero il volo e lui pensava che sarebbero rientrati a Miami e invece la rotta tracciata era quella per Bogotà in Colombia.
Motivo del viaggio, una "visita" di cortesia all'italiano Paolo Refe, arrestato giorni prima.

La Franjo, voleva convincerlo a farsi estradare negli USA
poiché molto interessati a lui per via della sua affiliazione
al cartello di Medellin, quello di Pablo Escobar e i fratelli
Ochoa.
Altri agenti, di stanza in Colombia, avevano già fatto un
tentativo ma l'uomo si era rifiutato di parlare con loro.
Ora la Franjo voleva tentarci con a fianco un italiano.
Marco Caelio, sapeva chi era Paolo Refe per averne sentito
parlare dall'amico Tox, ma non era questo il caso di vantare
aderenze.

Bogotà, 25 maggio

Paolo Refe, avuta notizia della richiesta di un colloquio, avanzata da un agente della DEA accompagnata da un italiano, acconsentì.
Da subito, si disse non disponibile a consegnarsi alle autorità statunitensi e di non avere intenzione di collaborare con loro.

Rivolgendosi a Marco Caelio, gli chiese se era della DEA e lui, onestamente, gli rispose di no. Si definì piuttosto un amico. Nonostante la presenza dell'americana, gli consigliò di prendere contatti immediati con l'ambasciata italiana, farsi trasferire e di collaborare con le autorità.

Refe, rispose che aveva già richiesto l'intervento consolare italiano e che era in attesa di sviluppi, avendo intenzione di fare rientro in Patria con tutta la famiglia.
Sulla collaborazione diede la sua disponibilità ma solo quando lui e tutti i suoi familiari sarebbero stati al sicuro in Italia. [172]
Qualche settimana dopo venne estradato e collaborò. [173]
Anche l'autunno di quell'anno si presentò denso di avvenimenti.

Il 14 settembre, venne ucciso Mario Corti [174] narcotrafficante, ritenuto l'uomo degli "acquisti" in materia di eroina e co-

---

[172] Paolo Refe è stato un Narcos legato al cartello di Medellin. Venne estradato in Italia e collaborò. – Deceduto.
[173] Operazione Green Ice descritta nel libro Trafficanti Narcos Milano (Edizioni We).
[174] Milano, via Sidoli.

caina della cosca calabrese "Paviglianiti" originari del centro jonico San Lorenzo, eliminato per dinamiche interne; [175] il 26 ottobre venne arrestato Giovanni Salesi, gestore dell'autoparco di via Salomone a Milano; il 2 dicembre in Colombia, venne ucciso Pablo Escobar; il 24 dicembre venne arrestato il narcos internazionale Orio Umberto, milanese, in stretto contatto con Paolo Refe. [176]

---

[175] Il delitto è trattato ampiamente nel libro Trafficanti Narcos Milano.

[176] Orio Umberto ritenuto uno dei più importan.ti Narcos italiani presente nel libro Trafficanti Narcos Milano

BROWN (5)
"Adios"

Reggio Calabria, 7 gennaio[177]

Quel venerdì di inizio anno 1994, si ritrovò seduto a pranzo con una dozzina di boss calabri, rappresentanti delle famiglie di Reggio, della Jonica e della Piana.

Questa volta, era stato lui a sollecitare l'incontro, sceso appositamente per comunicazioni indifferibili.

Nel corso del pranzo, ebbe occasione di rappresentare che nonostante gli avvertimenti, avevano poco contribuito alla pacificazione nel nord e che era stato disatteso l'invito a "fermare" Franco Coco Trovato prima dell'intervento dello Stato, di fatto li ritenne inadempienti.
Qualche boss provò a replicare ma il suo tono, perentorio e deciso, non ammetteva discussione. Dovevano solo ascoltare.

A fine pranzo, confidò che il "progetto" di guerra alle mafie, poteva evolversi in una sorta di sostituzione di "Cosa Nostra" con consorterie 'ndranghetiste, visto che nella loro idea storica e un po' romantica, si ponevano nell'affiancamento dello Stato, tant'è che diversi boss erano in contatto o "confidenti" e quindi, ipoteticamente, più controllabili ma anche questa opzione, si era rivelata infruttuosa.

A breve continuò, i vostri "agganci" verranno azzerati, chiunque essi siano, che abbiano o meno i piedi nello Stato

---

[177] Anno 1994.

o nell'anti Stato, l'operazione che si sta delineando "facciamo i cantanti "vi vedrà sofferenti e perdenti. In molti, in tanti, decideranno la via della collaborazione e voi e i vostri "amici" non sarete più utili. I malavitosi, pur di evitare ergastoli e pene pesantissime, si accuseranno a vicenda, di fatti e misfatti, in una sorta di "tutti colpevoli nessun colpevole". I boss ne presero atto.

Uscì dal ristorante, salì su un taxi e scomparve.

FACCIAMO I CANTANTI

Medellin, 28 gennaio

Con i ferri ai polsi, capì che era stato arrestato.
Roberto Pannunzi di Siderno, detto "Bebè" [178] ex dipendente dell'Alitalia, si ritrovò rinchiuso in carcere in attesa di estradizione.

Le autorità colombiane e la DEA, lo ritenevano il più abile e capace broker d'Europa, con importazioni mensili sino a due tonnellate.
Non organico a nessuna cosca ma al servizio delle stesse, amiche o rivali, riusciva ad accumulare enormi capitali destinati alla fornitura di cocaina.

Milano, febbraio

Rinchiuso nel carcere di Bergamo ma trasferito ogni mattina a Milano presso un commissariato della città, Paolo Refe aveva incominciato il suo percorso di collaborazione, rivelando la rete di narcos di cui disponeva in Italia e in Europa.
Riferì di accordi tra narcos colombiani e autorità di vari Paesi, che prevedevano il loro rilascio in cambio di sequestri di enormi partite di cocaina.

Si ritiene che in quell'ottica, nel marzo di quell'anno, vennero sequestrate oltre cinque tonnellate di cocaina a Borgaro Torinese, sorprendendo una dozzina di persone mentre scaricavano il carico celato in scatole di scarpe.

---

[178] Personaggio considerato uno dei più autorevoli broker del narcotraffico internazionale.

41 bis, marzo

Già dal 1990, vi erano state delle collaborazioni anche di prim'ordine, ma avevano riguardato, nella quasi totalità, gli atti commessi personalmente o all'interno delle "famiglie" di appartenenza, con modesti riflessi sulle altre.

Le dichiarazioni di Salvatore Annacondia, collaborante dal luglio del 1991, invece, stavano minando gli organigramma delle cosche, comprese quelle del nord, con particolare riferimento a quella di Coco Trovato, Jimmy Miano, Di Giovine e diverse altre.
Nel tempo, si erano aggiunti svariati altri malavitosi, gregari delle varie "batterie" attratti più che dal senso di giustizia, dalla possibilità di ottenere benefici e sconti di pena.

Vi era dunque la necessità di depotenziare in toto quelle dichiarazioni ma la trovata geniale, non era quella di smentirle ma al contrario, arricchirle, circostanziarle e circoscriverle negli ambiti d'azione dei rispettivi gruppi o dei singoli elementi, accollandosi le proprie responsabilità e indicando i compartecipi a qualunque livello.
L'operazione, prende il via quando Antonio Schettini, dal carcere, invia il segnale con la frase "facciamo i cantanti" .
Si sconosce se poi i gangster vi abbiamo aderito per volontà o per il "progetto" ma il dato è che dall'inizio del 1994, i collaboratori cresceranno in forma esponenziale tanto da mettere in crisi gli apparati investigativi milanesi nella loro gestione.
Uno dei primi fu sicuramente il catanese Luigi Di Modica, il quale dal 18 maggio, verrà considerato "collaboratore".

Milano e nord Italia, maggio

Poco dopo la mezzanotte del 27 maggio, venerdì, ebbe inizio una delle storiche operazioni anti mafia del nord denominata "Wall Street"[179] dal nome del noto locale di Lecco, quartier generale di Franco Coco Trovato. Chi non cadde nelle maglie fuggì all'estero ma con poca fortuna. Le gang erano allo sbando totale.

Opera, 7 giugno

Quel mattino, Tox chiese di parlare con un funzionario di Polizia, suo dirigente all'epoca in cui aveva militato in quella Forza. Era l'inizio del suo percorso di collaborazione.

Marco Caelio apprese la notizia della "collaborazione" di Tox e ne fu compiaciuto. Almeno non resterà in galera a vita, pensò.
Seguirono molti altri e il rischio evidente, era quello che i gregari irriducibili, avrebbero scontato pene molto più lunghe e dure dei loro boss "pentiti". La corsa alla collaborazione non si arrestava e fu necessario potenziare gli apparati investigativi e di tutela.

Limbiate - Parco delle Groane, fine estate 1995

Su indicazione di alcuni collaboratori, da qualche giorno, si stava scavando per rinvenire i cadaveri di alcune persone, uccise nella guerra di mafia.

---

[179] Indagine omonima svolta dalla Polizia milanese e diretta dal Sost.Proc. Armando Spataro.

Anche Tox venne condotto sul posto poiché nei suoi narrati, aveva parlato di occultamenti in quel parco.

Quel primo pomeriggio, erano stati riportati alla luce i resti di tre persone, ritrovati con indosso alcuni frammenti di abiti. Si avvicinò ad uno di questi e tra i resti, notò una spilla e trasalì, cercando di nascondere il suo stato d'animo. Gli era apparsa simile a quella che aveva notato alcune volte, sul risvolto delle giacche indossate dall'amico Marco Caelio. Non volle pensare che potesse essere lui e scacciò i suoi malefici pensieri.

41 bis, dicembre 1995

Il 27 dicembre di quel fine anno, Antonio Schettini decise di entrare in "gioco" e a completamento di quello che appariva un "progetto" manifestò la sua volontà di collaborazione. Si accollerà la responsabilità di 59 omicidi tra quelli materialmente compiuti o in veste di compartecipe.

EXPLICIT

Milano, inizi anno 2003

Il giocatore d'azzardo venne bloccato per l'ennesima volta in una bisca clandestina dalle parti di San Siro.

Agli agenti parlò di suoi trascorsi nella malavita come infiltrato.

Sempre alla ricerca di danaro, perennemente alla "canna del gas " cercò di farsi accreditare come "collaborazionista " o qualcosa del genere, magari pensando di ottenere dei benefici economici.

Al magistrato, raccontò di essere stato un poliziotto, poi espulso alla fine degli anni ottanta perché aveva emesso degli assegni a vuoto.

Raccontò di una sorta di struttura organizzata, di cui aveva fatto parte per diversi mesi, prima di essere allontanato perché avevano scoperto che beveva, frequentava locali notturni e in continua lotta con la ex moglie a cui non passava gli alimenti.

Riferì che erano divisi in piccoli gruppi denominati con nomee che si rifacevano agli antichi romani e che il "capo" era tale "Marco Caelio" descritto per uno stratega, molto deciso e intuitivo.

Il suo narrato, apparentemente interessante, non trovò riscontri.

Il garage di cui parlava, era risultato di proprietà di una coppia di coniugi, deceduti da qualche anno e la documentazione, non riportava alcun nome riferibile a quelli che aveva indicato.

Di quel Marco Caelio, non venne trovata alcuna traccia né

esistenziale, né documentale. Altri labili elementi forniti, non ottennero le debite conferme.

Il magistrato, nel giro di qualche settimana, chiese l'archiviazione, argomentando che nessun elemento era stato trovato a supporto delle dichiarazioni del collaborante che pertanto, dovevano essere ritenute perlomeno fantasiose.

Due mesi dopo, il biscazziere, verrà trovato morto in strada, colpito da infarto.

Milano, inizio autunno 1995

Da mesi, aveva intuito che anche il suo "tempo" era al termine.

Lasciate le sue attività, passava le sue giornate ad attendere una telefonata che non giungeva.

Chiuse la sua casa lasciando le chiavi nella buca delle lettere, salì sulla coupè e si diresse alla stazione centrale.

Presso il deposito bagagli, aprì la cassetta di sicurezza, quella contrassegnata dal numero E 21 svuotandola del suo contenuto, denaro, documenti, foto, tessere e si diresse nei bagni.

Nel lavandino, buttò le foto, parte di quei documenti e vi diede fuoco.

Qualche giorno dopo, poco distante da un campo nomadi nella periferia est della città, venne ritrovata un'autovettura senza targhe, bruciata, con all'interno, seduto al posto guida, un uomo, decomposto dalle fiamme. Gli accertamenti stabilirono che si trattava di una coupè, con la numerazione del telaio cancellata quasi in toto. Tra i due sedili anteriori, venne ritrovato, parzialmente distrutto ma leggibile, in parte, il codice fiscale riferibile a tale "Caelio", personaggio che agli accertamenti documentali, risultò sconosciuto.

Caraibi, qualche tempo dopo

Abbronzato, alto, snello, labbra carnose, sicuramente di origini europee o meglio ancora, mediterranee, passava le sue giornate tra passeggiate e brevi ma frequenti nuotate, godendosi l'aria del posto, amabilmente accudito da bellezze locali.

Dalla casa, vasta e bella, si godeva la vista della distesa d'acqua oceanica, cristallina e multicolore.

Ai lati della grande e multiforme piscina, svariate sdraio e diversi ampi lettini comodi e dai variegati colori e nei pressi, tavolini di bambù, con vassoi colmi di pasticcini e frutta di stagione.

Non mancavano le bevande, freschi succhi e un vinello dolce e frizzante. Sotto ad alcuni di quei tavolini, fissate con del nastro adesivo trasparente, alcune pistole automatiche, tutte rigorosamente calibro 9.

Tra le arcate del cortile interno, parcheggiate, vi erano una jeep e due fiammanti coupè.

Con un piccolo bimotore di proprietà di un pilota locale, sovente si recava in alcuni Paesi del Centro America, soggiornando in lussuosi hotel o case prese in affitto a Panama, Kingston in Giamaica, San Josè in Costarica, Maracaibo e nell'isola di Margarita in Venezuela.

Era "abbastanza" tranquillo e "mediamente" rilassato.

Nino, o forse Brown o forse Marco Caelio o forse chissà chi altri, di fatto un perfetto sconosciuto, stava vivendo un'ennesima fase della sua vita dopo le precedenti e stava attendendo di viverne altre.

Forse!!!
Lui comunque non era lì e in nessun altro posto.
Era "morto" !!!

PERSONAGGI

Franco Coco Trovato

Nato a Marcedusa (CZ) nel 1947, si trasferisce nel lecchese e fa il muratore. La tranquilla provincia lariana, non abituata a convivere con la malavita organizzata, si scoprirà "spiazzata" dalla irruenza e determinazione con cui il calabrese, nel giro di pochi anni, si porrà a capo di una cosca violenta e spregiudicata, spodestando la sparuta malavita locale e catechizzando gli strozzini della zona.

Definito un "pazzoide" dai suoi stessi sodali, per le maniere sbrigative e poco misurate, riuscirà, grazie a una serie di alleanze, a contare su una forza, interna ed esterna, di circa mille affiliati.

I proventi illeciti, reinvestiti in attività commerciali o immobili.

Arrestato il 31 agosto 1992, è tutt'ora detenuto.

Si è laureato in carcere discutendo una tesi sul 41 bis dedicata al suo fido "scudiero" Antonio Schettini detto "Tonino il napoletano".

Recentemente, ha dichiarato di essersi ravveduto con invito ai giovani, a non intraprendere la strada dell'illecito e della malavita.

Messaggio che evidentemente vale a titolo personale o per ottenere qualche beneficio ma non per alcuni suoi rampolli e familiari, che "evidentemente" non hanno recepito il "consiglio".

Jimmy Miano

Cresciuto "professionalmente" all'ombra del boss catanese
Angelo Epaminonda detto "Tebano" ne raccoglierà l'eredi-
tà, allestendo e controllando bische allestite "a cielo aperto"
e in lussuosi appartamenti.
A capo della cosca denominata "cursoti milanesi" si allea
con Franco Coco Trovato nella guerra di mafia al nord e
nella spartizione del territorio e dei traffici di eroina e cocaina.
Seppur considerato un "ragionatore" si macchierà di diversi
omicidi, per averli commessi e soprattutto per averli ordina-
ti, impartendo direttive dal suo quartier generale, l'autoparco di via Salomone.
Il 15 luglio 1994 è stato condannato a trent'anni di carcere.
Alla lettura della sentenza, dal gabbione, in aula, all'indirizzo della Corte, urlò: "Plotone d'esecuzione siete ".
Successivamente collezionerà sette ergastoli.
È deceduto il 15 novembre 2005.

Tox

Lui era un poliziotto.[180]

Arrestato per aver favorito il boss Angelo Epaminonda, si inserisce nella malavita milanese, scalando le gerarchie sino a organizzare un proprio "gruppo" che gravita tra Cusano Milanino e Bresso, associandosi ai fratelli Sarlo, malavitosi locali.

Partecipe, suo malgrado nella guerra di mafia al nord, sarà uno dei killer più temuti, arrivando ad organizzarli autonomamente, dopo aver ricevuto l'ordine dai boss, solitamente Jimmy Miano o Franco Coco Trovato, anche per voce del suo braccio destro Antonio Schettini.

Sfugge a due agguati e dopo il suo arresto, il 7 giungo 1994, matura la volontà di collaborare. Oggi è un uomo libero.

---

[180] La sua storia narrata nel libro Ti Sparo.

Antonio Schettini

È il personaggio più ambiguo, controverso e per certi versi inaffidabile, della storia criminale recente del milanese.

Braccio destro del boss lecchese Franco Coco Trovato - che lo schiaffeggiava in pubblico - non ha mai tradito la sua vicinanza al "capo". Il 27 dicembre 1995, a completamento del presunto "progetto" di depotenziamento delle narrazioni della folta schiera di "pentiti" decide di entrare in gioco, autoaccusandosi di 59 omicidi, sia in veste di autore che di compartecipe.

Racconta la sua "verità" inserita in quasi tutti i fatti criminosi che avevano dilaniato la città metropolitana a partire dalla fine degli anni ottanta, tentando di accreditarsi come unico e reale "progettista" della guerra di mafia e dello sterminio del clan camorristico dei Batti e di numerosi altri, dichiarandosi "mandante" nel tentativo, non riuscito, di annullare o alleviare le responsabilità di Coco Trovato e Flachi.

Nonostante i tentativi di depistaggio o inquinamento di indagini già svolte, verrà ritenuto abbastanza credibile. Malato da tempo, è stato rimesso in libertà.

Luigi Di Modica

Affiliato alla cosca catanese dei "cursoti milanesi" a suon di pistolettate, riesce a imporsi all'attenzione del capo Jimmy Miano che lo eleva a suo braccio destro, commissionandogli incarichi e gli omicidi, ritenuti più urgenti o importanti.

Tra questi, anche quello ordinato contro l'ex poliziotto Tox, fallito per la sua scarsa mira e per il timore di rimanere ucciso a sua volta, pur avendo ricevuto assicurazioni dal "gancio" che la vittima designata era disarmata.

Analogamente fallito, il tentativo di eliminare, il 30 maggio 1992, il pugliese Matteo Palumbo a Cinisello Balsamo, riuscendo solo a ferirlo. Nell'occasione, si confermerà la sua scarsa attinenza alla mira, poiché uccide erroneamente un'altra persona – Alfonso Veggetti – e colpisce maldestramente due suoi complici.

Il 18 maggio 1994 diventerà un collaboratore di giustizia.

PRECISAZIONI

L'OPERA È FRUTTO DELLA FANTASIA DELL'AUTORE ANCHE
SE ASSOCIATA A FATTI ED EVENTI REALI O VEROSIMILI,
UTILIZZATI PER NUTRIZIONE LETTERARIA.

I RIFERIMENTI DEI PERSONAGGI DI "FANTASIA" ASSOCIATI A
QUELLI VERI, DEVONO RITENERSI "CASUALI" E NON
NECESSARIAMENTE CONTESTUALIZZATI TEMPORALMENTE.

Faccia al muro

Ero riccio, alto e smunto
coperto da sberleffo
e qualche insulto
Poi mi son fatto cigno
Alto magro e quasi bello
Idoneo ed arruolato
Mi sentivo un arrivato

Mi han dato un distintivo
e messo un mitra in mano
mi sentivo un gran sultano

Mani in alto
Gambe larghe
Faccia al muro e non fiatare
altrimenti mi fai arrabbiare

Mi hanno dato un distintivo
e messo un mitra in mano
mi sentivo un dio sovrano

Mani in alto
Gambe larghe
Faccia al muro e non sbraitare
altrimenti mi fai gridare

Mi han dato un distintivo
e messo un mitra in mano
mi sentivo un sovrumano

Mani in alto
Gambe larghe
Faccia al muro e non scalciare
altrimenti ti fai ingabbiare

Mani in alto
Gambe larghe
Faccia al muro e non sparare, non sparare,
altrimenti sparo anch'io e ci possiamo ammazzare.

NOTE SULL'AUTORE

Celeste Bruno nato a Bari, milanese d'adozione.

Commissario di Polizia, dopo la formazione, a Milano dal 1977, prima come poliziotto di frontiera aeroportuale, poi alla Squadra Volante e per oltre 21 anni alla Squadra Mobile.

Ha investigato su omicidi, sequestri di persona, prostituzione, tratta di esseri umani e crimine organizzato, nazionale e internazionale. Brillanti operazioni svolte in tutta Italia e all'estero, attestate da onorificenze ed encomi.

È ritenuto uno stratega, con risoluzione della quasi totalità dei casi indagati. Tra questi i più noti delitti quelli di Marina Scrigna, Bob Caselli, Graziella Girgenti e il triplice omicidio compiuto dal primo serial killer certificato in Italia.

Centinai i sequestri di immobili tra appartamenti, esercizi commerciali, centri estetici e club privè, derivati dalla sua attività investigativa. Tante le donne liberate dai loro aguzzini. Le operazioni "Meeting Stop"; "Silva"; "Ponte Lambro"; "Faenza Commandos" e quelle condotte tra Libia, Crotone e Milano denominate "Kafila" e "Al Matba", le sue più note indagini; oltre all'arresto di un bancarottiere israeliano e la disarticolazione di clan criminali di stampo mafioso e di spessore internazionale.

Opinionista televisivo, scrive per diverse testate.

PUBBLICAZIONI DELL'AUTORE

- **"Milano ad ogni ora"** - Biblioteca dell'Immagine – 2004
  scritto con Michele Focarete cronista del Corriere della Sera
- **"La Mobile"** - Mursia - 2009
  scritto con Paolo Brera
- **"L'artificiere"** - Altravista - 2010
- **"Ti Sparo"** – Cicorivolta - 2013
- **"La Torre Saracena"** - AbEditore - 2014
- **"Via Schievano… Per non dimenticare"** - 2015
  videoclip PVS
- **"Oscuri Riflessi"** - AbEditore - 2016
- **"Kafila"** - AbEditore - 2017
- **"Trafficanti - Narcos Milano"** - EV poi Ed. WE - 2019/20
- **"Milano GANGSTER"** - Edizioni WE - 2021.

www.ingramcontent.com/pod-product-compliance
Lightning Source LLC
Chambersburg PA
CBHW021436150726

47989CB00001B/270